J. H. (Johann Heinrich) Hennes

Aus Friedrich Leopold von Stolbergs Jugendjahren

Nach Briefen der Familie und andern handschriftlichen Nachrichten

J. H. (Johann Heinrich) Hennes

Aus Friedrich Leopold von Stolbergs Jugendjahren
Nach Briefen der Familie und andern handschriftlichen Nachrichten

ISBN/EAN: 9783743485167

Hergestellt in Europa, USA, Kanada, Australien, Japan

Cover: Foto ©Raphael Reischuk / pixelio.de

Manufactured and distributed by brebook publishing software (www.brebook.com)

J. H. (Johann Heinrich) Hennes

Aus Friedrich Leopold von Stolbergs Jugendjahren

Aus

Friedrich Leopold v. Stolberg's

Jugendjahren.

—————

Nach Briefen der Familie und andern handschriftlichen Nachrichten.

Von

Dr. J. H. Hennes.

Frankfurt a. M.

Verlag von J. D. Sauerländer.

1876.

Vorwort.

Wiederholt war ich auf den in Oldenburg befindlichen Schatz von Briefen Stolberg's durch den dortigen Staatsrath Wilhelm Leverkus aufmerksam gemacht worden; lebhaft redete er mir zu, die Reise dahin zu machen zur Benutzung derselben. Endlich, um Weihnachten 1862, während eines Aufenthalts in Lohe bei Werl, auch auf Freundes Zureden, entschloß ich mich dazu. Meine Erwartung ward weit übertroffen durch das, was ich fand. Es bedurfte nun keines Drängens mehr; sechs oder sieben Mal machte ich die Reise. Immer kam ich „mit Schätzen reich beladen" von Oldenburg zurück. Die Erlaubniß zur Benutzung der Briefe Stolberg's, ja auch der Briefe der eigenen Familie hatte mir in huldvollster Weise Seine königliche Hoheit der Großherzog ertheilt.

Der Fürsprache des oben genannten, nun verewigten, unvergeßlichen Freundes hatte ich dies zu danken. Edlen Sinnes und so klaren Blickes, wie er war, sah er Stolberg in dem schönen Lichte, wie er Allen erscheinen muß, die mit ungetrübtem Auge nach ihm hinschauen. Obwohl die Bahnen, die Stolberg gewandelt, ganz andere waren als die seinigen, in so vielen der wichtigsten und höchstem Fragen, war es doch seine Freude, daß für mich der reiche Nachlaß zu unbeschränkter Benutzung zugänglich geworden.

Was mir fehlte, was mir lange versagt blieb, waren die von Stolberg's Familie aufbewahrten Papiere. Der Besitzer derselben, sein damals einzig noch lebender Sohn, Graf Cajus, war seinem Charakter, seiner Denkungsart nach lauteres Gold; aber sein Zutrauen zu gewinnen, war für jemanden, der ihm bisher fremd gewesen, sehr schwer. Mehrere Jahre vergingen, ehe er mir die Benutzung der Papiere gestattete; ehe dies ohne Vorbehalt, mit vollstem Vertrauen geschah. Ach, dann dauerte es nicht mehr lange, und es stand nicht mehr bei ihm, die Benutzung zu wehren oder zu gestatten!

Es war um Ostern 1872, wo die in dieser Schrift benutzten Familienbriefe mir vorlagen. Im Jahr 1873, um dieselbe Zeit, war ich wiederum bei ihm in Brauna. Auf Osterdinstag verabschiedete ich mich von ihm; ein Jahr später, auch auf Osterdinstag, starb er. Seitdem war ich nicht mehr in Brauna.

Es bleibt mir nur die Erinnerung an den traulichen Ort, der mir gleichsam heimathlich geworden war, an den liebreichen, zuletzt so freundlichen, zutrauensvollen Besitzer desselben. In der Gegend rings umher, auf meinen einsamen Wanderungen, hörte ich von Brauna reden als von einer Stätte der Liebe, der liebreichsten Fürsorge für die Armen, des einsichtsvollsten Wohlthuns; und es ist nicht blos des Grafen vor ihm heimgegangene Gemahlin, es sind auch die andern, nun meist in der Ferne lebenden Bewohnerinnen des Schlosses, welche dieser Glorienschein umschwebt. Schöne Erinnerungen, schöne

Tage, in welchen ich, der Fremde, der Unbekannte, die traulichen, aus dem Herzen kommenden Erzählungen vernahm, von Brauna an, über Camenz hinaus, bis gegen Räckelwitz hin!

In andern Händen ist nun der Hort, den es birgt, in eines Andern Hut des edlen Ahnherrn Nachlaß. Der Born, der mir einst reich geflossen, rinnt für mich nicht mehr. Aber was ich vor sechs Jahren, in meiner ersten Schrift über Stolberg, zu einer Zeit, wo es mir auch an Hülfe aus Brauna fehlte, ausgesprochen, sage ich auch heute. „Von Herzen dankbar, mehr als ich es ausdrücken kann, für die Mittheilungen, die man mir, von zwei Seiten her, großmüthig, mit hochherzigem Vertrauen zur Benutzung anheimgab, bin ich viel mehr freudig gestimmt, als daß ich darüber klagen könnte, jetzt zu vermissen, was mir früher so reichlich zu Theil geworden."

Mainz, im Februar 1876.

Inhaltsverzeichniß.

Friedrich Leopold Stolberg's Vater, Graf Christian Günther, war geboren zu Stolberg im Harz, am 9. Juli 1714. Er vermählte sich am 26. Mai 1745 mit Friederike Christiane Gräfin zu Castell-Remlingen.

Durch die Königin Sophie Magdalene von Dänemark, Gemahlin Christians VI., eine geborne Markgräfin von Brandenburg und Verwandte der Stolbergischen Familie, kam er nach Holstein und ward Amtmann von Segeberg. Das Amthaus lag im Marktflecken Bramstedt.

In der Nähe desselben erkaufte er das gleichnamige Rittergut; und hier war es, wo er, der erste unter allen abligen Gutsbesitzern des nördlichen Deutschlands, die Leibeigenschaft aufhob, den Bauern Freiheit und Eigenthum gab, uneigennützig, großmüthig für sie sorgte, von ihnen aber auch wie ein Vater geehrt wurde.

Im Jahr 1756 ward er als Hofmarschall der verwittweten Königin Sophie Magdalene nach Kopenhagen berufen, wo seit fast hundert Jahren die höhern Hof- und Staatsämter meist Deutschen anvertraut waren, und damals sein Freund Johann Hartwig Ernst von Bernstorff, „der große Staatsmann und noch größere Menschenfreund," an der Spitze der Regierung stand.

Die Königin verweilte im Sommer auf ihrem am Sund gelegenen Gut Hirschholm. Christian Günther's Rath und Bei-

spiel folgend, daß auch sie ihren Gutsunterthanen Freiheit und Eigenthum, „nach der Einrichtung," wie sein Sohn Friedrich Leopold erzählt, „die er trotz aller in den Weg gelegten Schwierigkeiten, mit Muth durchsetzte."

Hier lebten denn auch einen großen Theil des Jahres namentlich die älteren Kinder des Grafen, in der Einsamkeit und den Freuden des Landlebens; und er selbst, obwohl er meistens in der Nähe der Königin sein mußte, war doch, so viel er konnte, im Kreise der Seinigen. Die beiden Bernstorff, der Minister und sein Neffe Andreas Peter, der Hofprediger Johann Andreas Cramer, und manche Andere, die auch jetzt noch in Deutschland genannt werden, besonders Klopstock, „der Sänger Gottes und Freund und Liebling der Menschen", kamen oft von Kopenhagen herüber.

Elf Kinder entstammten der Ehe des Grafen. Friedrich Leopold, von seinen Söhnen der zweite, ist geboren am 7. November 1750 zu Bramstedt. Von den andern Kindern, fünf Söhnen und fünf Töchtern, nennen wir hier: 1) Henriette, geboren am 12. Januar 1747, vermählt mit Andreas Peter Grafen Bernstorff; 2) Christian, geboren zu Hamburg am 15. October 1748, gestorben 18. Januar 1821; 3) Katharina, geboren 5. December 1751, Stiftsdame zu Walloe, gestorben 1832; 4) Auguste, geboren 7. Januar 1753, vermählt 7. August 1783 mit ihrem Schwager, dem Grafen Bernstorff; 5) Magdalene, starb, erst fünfzehn Jahre alt, am 24. Juli 1773 in Altona; 6) Julia, geboren 1759, vermählt 1787 mit Henning von Witzleben, dem Schwager ihres Bruders Friedrich Leopold; 7) Magnus, 1780 zu Kiel im Duell getödtet; 8) Andreas, starb als Kind.

Von zweien dieser Kinder Christian Günther's haben wir Aufzeichnungen über ihre Eltern und Jugendjahre.

Julia von Witzleben meldet uns: „Mein Vater war der Liebling seiner frommen, vortrefflichen Mutter, einer gebornen

Freiin von Bibra von Nadlou. So schwer es ihr wurde, entschloß sie sich dennoch, ihn von sich zu entfernen, und ihn nach Wernigerode zu geben, wo ein besonders frommer, christlicher Sinn herrschte. Mein Großvater hatte bestimmt, daß die beiden einzigen Söhne, die ihm geblieben waren, (mein Vater war der jüngste von allen,) nach seinem Tode die Grafschaft gemein= schaftlich regieren sollten. Das war ihnen beiden unangenehm; und sie wurden darüber einig, daß der ältere Bruder die Regierung allein übernehmen und meinen Vater mit einer sehr bedeutenden Summe abfinden sollte. Doch hat er sie nie erhalten. Später, als er eine zahlreiche Familie zu versorgen hatte, gaben ihm Viele den Rath, einen Prozeß anzufangen; allein er wollte lieber Allem entsagen, um nicht als Gegner seines Bruders aufzutreten. Späterhin sind meinen Brüdern nach und nach Summen zugeschickt worden, wovon auch uns Schwestern etwas zu Theil wurde. Doch es war lange nicht das, was es hätte sein sollen.

„Ich habe meine Eltern zu früh verloren, um ihren Charakter so schildern zu können, wie meine Schwester Katharina es gethan. Daher schalte ich hier ein, was ich in ihren hinterlassenen Papieren gefunden habe. Sie waren beide von Herzen fromm und Gott ergeben; und alles Gute, was uns widerfahren, haben wir gewiß ihrem Gebet und ihrem Segen zu verdanken.“

Weiter erzählt sie: „Ich wurde den 9. November im Prinzen=Palais geboren 2c. Im Sommer wohnten meine Eltern mit der Königin in Hirschholm. Da sie aber elf Kinder hatten, die nicht alle mit im Schloß wohnen konnten, wurden die vier jüngsten — Lenchen, Magnus, Andreas und ich — in Kopenhagen bei einer Pastorin Bratje in die Kost gegeben. Andreas starb dort, als er drei Jahre alt war 2c. Dies war Anno 1765. Ganz kurz vorher starb mein Vater, im zwei= undfünfzigsten Jahr seines Alters, am Schlagfluß. Ich erinnere mich nur, daß er uns zuweilen in der Stadt besuchte, und als er nach Aachen reisen mußte, uns wiederholt küßte, weinte und uns segnete.

„Wir glaubten ihn auf der Rückreise. Merkwürdig ist, daß der kleine Andreas sterbend in die Hände klatschte, und rief: „Heute sehe ich Papa!" Als die Todesnachricht kam, ließ meine Mutter uns gleich Alle zu sich kommen. Ich sehe sie noch, wie sie immer weinte und tief trauerte. Kurz nachher zog sie nach Rungstedt, wo wir still und einfach lebten, und wir Kinder uns in der himmlischen Gegend glücklich fühlten."

Nach dem Tod des Grafen hatte die Königin Sophie Magdalene das hier genannte, am Sund höchst anmuthig gelegene Gut, Rungstedt, (Rondstedt) seiner Wittwe geschenkt. Hier wohnte sie mit ihren Kindern bis in's Jahr 1771.

Doch verweilen wir erst bei den von Julia erwähnten Nachrichten ihrer Schwester Katharina. Sie hat sie zunächst für ihre Nichte, Marie Agnes Stolberg, niedergeschrieben. „Wenn Du einmal," so beginnt sie, „dieses Buch in Händen haben wirst, so sehe es an wie einen kleinen Garten, darin Deine Dich liebende Tante kleine Blumen ihres Herzens und ihrer Phantasie hinpflanzte. Oft und lange fühlte ich das Bedürfniß, manche meiner Empfindungen und Ideen durch Aufschreiben festzuhalten und mir für meine künftigen Jahre aufzubewahren, als einen Schatz der Erinnerung meiner Jugend; weil sie mit so vielfältiger süßer Erinnerung meiner Eltern, Geschwister und Freunde innig verbunden waren. Durch Nachlässigkeit habe ich dieses wie so vieles Andere unterlassen; bald scheute ich die Mühe des Abschreibens, öfter die des Nachsinnens und die größere Mühe des Ordnens. Was mir von den Meinigen am liebsten und am wichtigsten war, worunter ich vorzüglich kleine charakteristische Züge rechne, habe ich mehr als manches Andere bemerkt und in mein Herz übertragen. Doch wie Vieles, auch bei dem treusten Gedächtniß, verliert sich mit der Zeit, wo ein Strudel den andern verschlingt. Hätte ich diese kleinen Züge und manche zu ihrer Zeit uns interessante Begebenheit, die unsre Liebe uns wichtig machte, aufgezeichnet, wie interessant würde mir das sein!"

Ueber ihres Vaters Tod lesen wir in ihren Aufzeichnungen: „Mein Vater starb den 22. Juni 1765. Den Tag seines Todes ließ er sich von Clauswitz, dem Hofmeister meiner Brüder, der ihn nach Aachen begleitet hatte, den 10. und 11. Psalm vorlesen; und wiederholte mit lauter Stimme den Spruch: „Das Verlangen der Elenden hörst du, Herr; ihr Herz ist gewiß, daß dein Ohr darauf merket." Und nachdem er sich ihn noch einmal vorlesen lassen und hinzugefügt: „Das ist ein trefflicher Spruch," — starb er. Dieses Verlangen, dieses letzte Flehen seines Herzens war gewiß, daß seine Kinder den Weg des Herrn wandeln möchten. Wie lag ihm dieses am Herzen, wie lag dieses unsrer Mutter am Herzen! Ich höre sie noch sagen, daß sie keine Mutter so beneide wie die Mutter der sieben Söhne, daß sie die glücklichste aller Mütter sei. „Herr hier sind wir und die Kinder, die du uns gegeben hast," — dies einst sagen zu können, war ihr einziger Wunsch, ihr Streben, ihr Gebet, — die Seele ihrer Erziehung."

Sie fährt fort: „Was ich von den Jahren unserer ersten Kindheit und Jugend noch zusammenbringen kann, will ich versuchen aufzuschreiben; aber nur mein Gedächtniß kann mir den Stoff dazu geben, denn ich besitze keine Briefe aus der Zeit. Die meisten damals Lebenden sind gestorben; und man spricht zu selten von alten Zeiten. Ich will hier einige Data aufzeichnen, die ich, nachdem ich meine Journale verbrannt, noch zusammenstoppelte. Beim Hinschreiben wird mir noch dies und jenes einfallen; allein mein kleiner Denkzettel fängt erst mit 1766 an; also überspringe ich jetzt die ganze Zeit unserer Kindheit, welche sich ungefähr bis dahin erstreckte. Ich weiß nicht, blieb man in der Zeit länger Kind, oder blieben wir es nur? Als mein Vater starb, war ich dreizehn und ein halbes Jahr alt. Wenn ich um ihn weinen wollte, ging ich in ein dunkles Zimmer, damit mich niemand sehen möchte. Der Eindruck des tiefen Schmerzes, den mir sein Tod machte, ist mir noch sehr lebendig. Den nächsten Winter brachten wir in Hirschholm zu rc.

„Diesen Winter hörte ich zuerst etwas aus dem Messias. Ich spielte Schach mit meinem Bruder Fritz in unserer Mutter Stube, welche sich von Clauswitz etwas vorlesen ließ. Ich bat ihn, mir etwas daraus herzusagen, und er sagte mir die letzte Seite des zehnten Gesanges. Das war das Erste, was ich aus dem Messias hörte. Daß wir mit dem Spiel eine Pause gemacht hatten, brauche ich wohl nicht zu sagen. Auf einmal rief meine Mutter aus: „Kathrinchen, was fehlt dir, du bist ja so blaß!" Wirklich war ich beinah einer Ohnmacht nahe; so sehr erschütterte es mich. Es schien meiner Mutter eine angenehme Entdeckung zu sein; aber es war weiter nie die Rede davon; auch glaub' ich, daß ich immer vergessen habe, es Klopstock zu sagen. In diesem Augenblick fällt es mir wieder ein, und ich erinnere mich dessen so lebhaft als gestern."

Spätern Aufzeichnungen von ihr, namentlich über ihre Mutter, entnehmen wir noch Folgendes: „Sie war von ihrer Mutter enterbt worden. Clauswitz ging das sehr nahe, und er ärgerte sich über meiner Mutter Gleichgültigkeit dabei. Sie saß und schaukelte sich; — da sie sehr kränklich war, so hatte der selige Berger ihr eine Schaukel angerathen, ein langes Brett, auf zwei Füßen ruhend, im Saal; — da saß sie und neckte ihn über seine Besorgniß. Ihr Scherz gränzte immer an Ernst; und so zog sie ihr Spruchkästlein aus der Tasche, gab lächelnd den Zettel, den sie wie eine Nummer aus der Lotterie auszog, an Clauswitz. „Nun lesen Sie, lieber Witze; kann ich nicht zufrieden sein?" Der Spruch war dieser: „Mein Loos ist mir gefallen auf's lieblichste; mir ist ein schön Erbtheil worden." Clauswitz hat mir das erzählt.

„In ihrer Kindheit hatte sie oft Ahnungen. Einmal, da sie sehr klein war und bei ihrer Hofmeisterin spielte, warf sie auf einmal ihr Spielzeug weg, kniete in einen Winkel der Stube und betete für ihre Mutter. Ihre Hofmeisterin, welche glaubte, es gehöre zu ihrem Spiel, sagte ihr, es sei nicht erlaubt, im Spiel zu beten. Allein sie betete mit einer solchen Inbrunst für das Leben ihrer Mutter, die nicht krank war, daß die Hofmeisterin zu ihrer Mutter ging; und da fanden sie sie mitten in Flammen. Sie firnißte; und das hatte Feuer gefangen; zu rechter Zeit kam man ihr nun noch zu Hülfe.

„Ihr Vater, den sie zärtlich liebte und dessen Idol sie war, war Gouverneur von Dresden. Sie hatte mit ihrer Mutter eine Reise nach Franken gemacht, als eine Staffette aus Dresden mit der Nachricht kam, er sei gefährlich krank und wünsche sie noch zu sehen. Meine Großmutter eilte sogleich mit ihr nach Dresden. Meiner Mutter Schmerz war unaussprechlich; als auf einmal auf einem Boden (im Posthause, wo sie auf Pferde warteten), wohin sie geflüchtet war, um zu beten, ihr im Herzen die Versicherung gegeben ward, sie werde ihn noch finden und er werde genesen. Sie theilte diese Hoffnung ihrer Mutter mit; aber freilich konnte sie ihr ihren Glauben nicht mittheilen. Sie kam und fand ihren Vater nicht nur außer Gefahr, sondern entschieden in der Besserung. In der Stunde, da ihr Gott diese Versicherung in's Herz gegeben, war nach dem Ausspruch der Aerzte die Gefahr vorübergegangen.

„Daß sie, auch in den kleinsten Dingen, mit Gebet und völligem Vertrauen sich in jeder Noth zu Gott wandte, und frappante Erhörungen des Gebets hatte, ihr Leben eigentlich ein ununterbrochenes Gebet war, ihr Glaube eine unversiegbare Quelle, das könnte selbst den Ungläubigen nicht befremden, wenn er die Fakta nur glauben könnte. Meine Mutter war eine wahre Beterin; sie fing eine Reise nie an oder ein Unternehmen, ohne zu beten; sie fing nie ein Buch an, schrieb nie

einen Brief, ohne vorher zu beten. Kam sie wo an, so ergriff
sie den ersten Augenblick, da sie allein war, sich auf die Knie
zu werfen, oder zu setzen, und mit geschlossenen Augen, die
sie nur öffnete, um sie andachtsvoll zum Himmel zu heben,
und mit gefalteten Händen zu beten. Ihrer Kinder und sehr
oft der Hausgenossen Gegenwart störte sie nicht; und ich bin
gewiß, daß wenige ihrer Freunde sie nicht so sollten gesehen haben;
und doch ist es niemanden eingefallen, sich daran zu ärgern
oder sich nur darüber zu wundern. Sie war in ihrem ganzen
Benehmen so offen, so natürlich, so ohne Zweifel in ihrem
Glauben, so freudig in ihrem Gebete, und ihr ganzes Wesen
war so lebhaft, so munter, daß es unmöglich war, über sie
in Zweifel zu sein. Ich weiß nicht, ob ihr je der Wunsch
gekommen ist, den Wunderglauben zu haben; aber der kindliche
Glaube war ihr Element. Von ihrer Kindheit an unter einer
ganz besondern Aufsicht der Vorsehung an Gebetserhörungen
gewöhnt, wünschte sie nur von ihrem liebenden Vater Erfüllung
ihres Begehrens, kein Zeichen, keine Wunder. Deren bedurfte
sie nie; und ich bin gewiß, daß der Geist, der sie zum Gebete
antrieb, sie nur dann dazu antrieb, wenn ihr Verlangen erhört
werden sollte, und daß derselbe Geist, wenn ihr Erhörung nicht
frommte, um Ergebung und Ruhe in ihr flehte.

„Ehe sie noch verheirathet war, ward eine Freundin von
ihr, eine Fürstin von Köthen, sehr krank. Sie lag auf ihren
Knien und betete für sie; auf einmal stand sie im Gebete auf,
und sagte zu Clara: „Nun kann ich nicht mehr für ihr Leben
beten." Und wirklich starb ihre Freundin in derselben Nacht.

„Mein Vater ging fast täglich des Morgens früh auf die
Jagd. Einmal bat sie ihn, zu Hause zu bleiben. Da sie gar
keinen Grund als eine gewisse Aengstlichkeit angeben konnte, und
mein Vater mit einem Andern Partie gemacht hatte, war es
sehr natürlich, daß er ihr diese Aengstlichkeit auszureden suchte
und hinging. Er fuhr nicht selbst; allein sein Wagen warf um,

und er verstauchte sich den Fuß. Der Fall hätte sehr gefährlich werden können. Wahrscheinlich hatte die Gefahr ihr Gebet
abgewandt.

„Unserer Eltern Denkungsart stimmte vollkommen mit
einander überein. Ihrer beider natürlicher, schöner und edler
Charakter, ihre ernsten Grundsätze und frommen Gesinnungen
machten, daß sie sich gegenseitig auf's innigste ehrten und liebten,
und daß zwischen ihnen das Vertrauen entstand, welches von dieser
Ehrfurcht und Liebe unzertrennlich war. Allein ihre Charaktere
waren ebenso verschieden von einander, wie ihre Art zu
empfinden es war. Mein Vater war still und ernst, meine
Mutter im höchsten Grade lebhaft; mein Vater schloß sich nur
an einige wenige Freunde an, meiner Mutter Herz umfaßte
mit Liebe Alles was sie interessirte. Meines Vaters Herz war
wie ein tiefer Brunnen, oder wie eine Quelle, die immer fließt,
nie trübe wird, aber kaum hörbar rieselt, — meiner Mutter
Herz wie das Firmament mit Sonne, Mond und Sterne, —
sie auch der zartesten Empfindung fähig, er in seiner Stille
empfänglich für das höchste Gefühl, — beide sehr reizbar. Ich
glaube, daß mein Vater tiefer gekränkt werden konnte; aber
bereitwilliger zu verzeihen, als er war, kann man nicht sein.
Sie ward erstaunlich geliebt; und obwohl sie ihre Freunde oft
ungeduldig machen mußte, sahen sie sie an wie ein höheres
Wesen."

Folgendes schrieb Gräfin Christiane ihrem Sohn, dem
Grafen Friedrich Leopold, im Jahr 1765 in die Bibel:

„Diese Bibel, so dein lieber seliger Vater noch am Tage
seines sel. Endes gebraucht, und sich an den Worten: „„Das
Verlangen der Elenden hörst du, Herr; ihr Herz ist gewiß,
daß dein Ohr darauf merket,"" — erquickt, müsse dir zu großem
Segen sein und dich beständig antreiben, das Wort Gottes so
zu lieben, so zu ehren, dich so daran im Glauben zu halten,
es so zur Regel deines Lebens anzunehmen, wie er gethan,

und dich bis an's Ende daran zu erquicken. Hierzu gebe dir der dreieinige Gott seine Gnade und seinen Segen."

In ihrem Schreibtisch fand sich nach ihrem Tode ein Blatt mit diesen Worten: „An meine Kinder! — Liebe Kinder, haltet euch an den Heiland, an sein Verdienst, an sein treues Herz; und habt nicht lieb die Welt, noch was in der Welt ist. Denn alles dies vergeht, und ist wie Staub. Nichts hält im Leben und im Sterben mit uns aus als Jesu Blut, Gottes Gnade, die Bekanntschaft und die Freundschaft mit ihm. Diese suchet; und ruhet nicht, bis ihr diese habt; und dann haltet euch fest daran; sie hilft durch, bis wir bei ihm sind; o bleibe Keines, Keines zurück. Ich werde mich stets nach euch umsehen, und euch entgegen eilen mit offenen Armen, wenn ihr mir nachkommt. O wachet und betet!"

Ihr Schwiegersohn Andreas Peter von Bernstorff schreibt über sie in seinem Tagebuch: „Ihr zärtliches Herz, ihr durchdringender Verstand und große Munterkeit hatten sie zu einer der angenehmsten Personen, und der hohe Grad ihrer Tugend und Religion zu einer der würdigsten gemacht. Ihr Tod ist ein redender Beweis davon. Nichts hat ihre Ruhe, Geduld, Heiterkeit und die in Krankheiten dieser Art (sie starb an einer langwierigen hektischen Krankheit) sonst ungewöhnliche Sanftmuth unterbrochen. Sie freute sich unaussprechlich auf den glücklichen Augenblick ihrer Auflösung, doch ohne Ungeduld. Ihre Liebe für ihre Kinder und insonderheit für meine Frau hatte fast keine Gränzen; wenig Mütter sind auch so zärtlich geliebt worden."

Noch vor Christian Günther's Tod hatte seine hier erwähnte älteste Tochter, Henriette, sich mit dem Grafen Bernstorff vermählt. Sie war der Liebling der Mutter und aller Geschwister. Als sie Braut war, sagte ihr Vater weinend zu Bernstorff: Ich übergebe Ihnen ein Kind, das mich kein andere Thräne als Thränen der Freude gekostet hat.

Im Herbst 1770 verließen die beiden älteren Söhne, Christian und Friedrich Leopold, das allen Kindern so lieb gewordene Rondstedt und zogen, begleitet von Clauswitz, nach Halle, wo sie Ende October als Studirende immatriculirt wurden.

Auf einen Brief, den sie auf der Reise, in Dresden, von ihrer Schwester Katharina erhielten, antworteten die Brüder sogleich. Hier folgen ihre Briefe.

Christian an Katharina.

Dresden, den 16. October 1770.

Ich bin Dir, liebste Schwester, für Dein liebes, mir so werthes Schreiben tausendmal verbunden. Ob ich gleich vollkommen von Deiner Liebe und Deinem fleißigen Andenken versichert bin, so sind mir doch die wiederholten Versicherungen davon sehr theuer, und ich liebe meinen Geburtstag, daß er dazu Gelegenheit gegeben hat. Ich kann Dir nicht beschreiben, wie oft ich an Dich gedacht habe, besonders in der Zeit, da Du in Rondstedt allein warst. Ich stellte mir Deine Betrübniß, die ich nach der meinigen maß, und die von der Einsamkeit so sehr genährt worden ist, so lebhaft vor, daß davon auch meine Wunde noch mehr blutete.

Die heutigen Briefe würden mich viel mehr erfreut haben, wenn ich nicht daraus die lange erwartete Nachricht gesehen hätte. Ich würde mich darüber freuen, wenn es angehen könnte, daß meine Mutter diesen Winter nicht mehr in Dänemark wäre; allein so wie jetzt die Umstände sind, hätte ich sehr gewünscht, mein Schwager wäre für's erste noch geblieben. Wie beklage ich unsre liebe theure Mutter; welche harte Probe muß sie ausstehen! Schreibe mir ja recht weitläufig, wie es ihr geht, und ob und wann sie Hoffnung hat, meine Schwester wieder zu sehen. Ich verlange, so sehr man kann, nach der Post; und möchte gerne auch die kleinsten Umstände wissen, die diejenigen betreffen, welche ich so zärtlich liebe.

Ich habe nicht nöthig, Dir, liebste Schwester, von uns etwas zu sagen, Du wirst alles aus unserem Briefe an meine Mutter sehen. Eins will ich Dir nur sagen, das ich auch nicht nöthig hätte zu sagen, das ich aber doch sagen will — — ich liebe Dich mit der größten Zärtlichkeit.

C. St.

Friedrich Leopold an Katharina.

Allerliebste Schwester! Wie soll ich Dir für Dein schönes, zärtliches Schreiben genug danken! Das kann ich nicht; ich will Dich desto mehr dafür lieben. Ich habe nicht nöthig, Dir, meine liebste Schwester, zu sagen, wie sehr ich Dich, wie oft ich Dich regrettire; Du weißt selbst, wie zärtlich ich Dich liebe und immer geliebt habe. Für Dich that es mir auch von ganzem Herzen leid, daß mein Schwager und Schwester so bald Dänemark verlassen. Ich kenne Dein zärtliches Herz zu sehr, um nicht Deinen ganzen Schmerz auch hierbei zu fühlen; und ich weiß, was es zu bedeuten habe, diejenigen, die man unaussprechlich liebt, nicht zu sehen. Ach, wie bedaure ich unsre liebste Mutter; was wird ihr auch das sein! Ich weiß, Du bedauerst sie wie ich, und läßt ihren Schmerz Deinen Hauptschmerz sein. Dieser Gedanke, er allein wird unsern Geliebten ihren Abschied von Dänemark schwer machen. In jeder andern Absicht gewinnen sie unendlich. Mit der Sklaverei des Hofes, und dieses Hofes, die süße Freiheit, die Ruhe einzutauschen, das ist entzückend. Ich weiß, daß dieser Gedanke Dich tröstet, wenn Du auf Dich siehst; aber er kann es nicht, wenn Du auf unsre liebste Mutter siehst, und das thust Du gewiß am häufigsten.

Mein Bruder und ich bitten Dich, die lieben Kleinen sehr zu grüßen, und zu umarmen. Wie gehet es nun mit Leuchen ihrem Kopfweh? Ich wünschte sehr, es zu hören, denn ich liebe sie zärtlich. Ich umarme Dich ꝛc.

F. L. St.

Christian an Katharina.

Halle, am 29. October.

Du schreibst so oft, meine allerliebste Schwester, daß ich fast Lust hätte, zu glauben, es wären geheime Vorwürfe unsrer Nachlässigkeit; doch vielmehr will ich es als neue Beweise Deines zärtlichen Herzens und Deiner Liebe ansehen, von welcher ich, so sehr man es sein kann, überzeugt bin. Du erinnerst Dich noch einmal meines Geburtstags, ob Du mir gleich so freund= schaftlich schon in dem Briefe, den ich in Dresden erhielt, gra= tulirt hast. Auch hierfür umarme ich Dich. Deß bin ich ver= sichert, ich werde meinem Glücke nichts mehr hinzusetzen können, wenn Deine Wünsche erfüllt werden. O wie unzählig oft ist meine Seele in Rondstedt; auch besonders bei den traurigen Scenen, da meine älteste Schwester Abschied nahm, war ich gegenwärtig; und theilte den Schmerz mit den Betrübten auf beiden Seiten. Du sagst, Du gönntest Gustchen das Glück, meine Schwester in Breitenburg zu sehen, so sehr, daß Du darin einen Trost fändest; und drückst Dich darüber so zärtlich gegen sie aus, daß mir gleich die Zeile einfiel: Kein Funken Neid ist in der reinen Brust. Und wo wäre der Neid mehr zu ent= schuldigen als hier? Ich bin auch sehr vergnügt, daß diese kleine Einsiedlerin diese Freude hat.

Nun sind wir also auf der Universität iniciirt. Heute haben wir die ersten Collegien gehört. Freilich viel Jargon mitunter. — Fahre ja fort, allerliebſte Schweſter, fleißig an uns zu ſchreiben; und ſchreibe uns auch allerhand kleine Anekdoten von Rondſtedt. Dieſes intereſſirt mich unausſprechlich. Nenne mich zuweilen bei unſrer beſten Mutter, und ſage ihr von mir, was Deine Zärtlichkeit gegen ſie fühlt. Herr Clauswitz empfiehlt ſich Dir; und ich bitte Dich, die lieben Kleinen herzlich von mir zu grüßen. Ich denke auch ſehr viel an ſie. Adieu, ma très aimable et ma très aimée; liebe mich ferner, und ſei meiner Liebe, meiner zärtlichſten, vollkommen verſichert.

C. St.

Friedrich Leopold an Katharina.

Allerliebſte Schweſter! Beinahe entſchuldigſt Du Dich, daß Du ſo oft ſchriebeſt. Wirſt Du Dich nicht auch entſchuldigen, deswegen daß Du ein zärtliches Herz haſt? Zu oft ſchreiben, wie könnteſt Du? Ueberdem ſind Deine Briefe ſo zärtlich, ſo genaue Abdrücke Deines Herzens, daß ich anfangen müßte, Dich zu lieben, wenn ich Dich nicht immer ſo ſehr ſchon geliebt hätte.

Die Abreiſe meiner Schweſter und Schwagers, die in mancher Hinſicht ſo viele gute Folgen für ſie hat, betrübt mich unſerer theuerſten Mutter und Deinetwegen ſehr. Ach ich weiß, was es ſei, ſich von denen, die man zärtlich liebt, zu trennen; ich bin verſichert, daß Du das in ſeinem ganzen Umfange fühleſt. Ich würde mir Vorwürfe machen, daß ich durch mein Klage-gewäſch Dich vielleicht betrüben möchte, wenn ich nicht wüßte, daß Du ohnedem ſchon zu viel daran denkeſt, um von mir er-innert werden zu können.

Aber, aber! Ein Wort in Deinem Briefe, das mir nicht gefällt. Es iſt in dem, der an uns beide gerichtet iſt. Du ſchreibſt: „Kann ich bald hoffen, einen kleinen Brief von Euch zu erhalten, nur ein paar Worte, darinnen Ihr mir ſagt, daß

Ihr Euch meiner erinnert!" Da ist der Brief; aber die ver-
langten paar Worte sollst Du nicht haben, zur Strafe nicht
haben; und wenn du meines Andenkens zweifelhaft, so will ich
zur Strafe Dich in der Ungewißheit lassen. Adieu! Vielleicht
umarme ich Dich nun in Gedanken, vielleicht, denn auch das soll
ungewiß sein. — Leuchen und die zwei anderen umarme ich
zärtlich.

F. L. St.

In dem nun folgenden Briefe meldet Gräfin Christiane,
daß sie beschlossen habe, Rondstedt zu verlassen, und nach
Altona zu ziehen. Der dänische Minister, Graf Johann Hartwig
Ernst von Bernstorff, war den offenen und verdeckten Angriffen
seiner Feinde erlegen, und von König Christian VII. entlassen
worden. Zugleich mit ihm verließ auch sein Neffe, der Schwiegersohn der Gräfin Christiane, Kopenhagen. Sie übersiedelten
beide nach Hamburg, in dessen Nähe nun auch die Gräfin ihren
Wohnsitz wählen wollte. Auch Klopstock und Cramer verließen
Kopenhagen. Der schöne Kreis, zu dem auch der reichbegabte
Sturz gehörte, war auseinander gerissen.

Der Brief ist an Lepus (verkürzt statt Lebäus oder Lebeus)
und Purhahn gerichtet. Im dritten Gesang des „Messias"
schildert Klopstock einen aus der Schaar der Jünger, den er
Lebäus nennt.

So zärtlich und fühlend
Als die Seele des stillen Lebäus, sind wenig erschaffen.

Diesen Namen gab die Mutter scherzend dem ältern Sohn,
Christian, sein Wesen damit bezeichnend, indem sie es dem des
stillen, zärtlichen Lebäus vergleicht. Purhahn nennt sie den
jüngern Sohn.

Das von ihr erwähnte Stintenburg ist eine Besitzung der
Grafen Bernstorff im Lauenburgischen, auf einem schmalen
Strich Landes, der in den Schallsee hinein sich erstreckt und

die darin gelegene Stintenburger Insel mit dem festen Lande verbindet. Klopstock's Ode „Stintenburg" beginnt:

Insel der froheren Einsamkeit,
Geliebte Gespielin des Widerhalls
Und des Sees, welcher izt breit, dann versteckt.
Wie ein Strom rauscht an des Walds Hügeln umher.

Flüchtige Stunden verweilt' ich nur
An deinem melodischen Schilfgeräusch;
Doch verläßt nie dein Phantom meinen Geist,
Wie ein Bild, welches mit Lust bildete Geniushand.

Der am Ende des Briefs erwähnte Secretär ist Gräfin Katharina. Später versahen die jüngern Schwestern, zuerst Magdalene, hernach Julia, ihre Stelle.

Gräfin Christiane an Christian und Friedrich Leopold.

Rondstedt, den 23. Nov. 70.

Mein allerschönster Lepus und Purhahn! Man wog, und Holstein's Schale sank, und Rondstedt's Schale stieg! Ihr habt mich so sehr gebeten, liebe Kinder, Euch nicht eigenhändig zu schreiben, wenn es mich incommodirte; und da ich heute Eurer Schwester, Schwager und dem Geheimerath geschrieben, so erlaubt es mein Kopf nicht, auch Euch eigenhändig zu schreiben; mein Secretär wird also diese Ehre haben. Aus obigem Motto werdet Ihr gleich errathen, von was die Rede ist, daß ich mich nämlich in des Herrn Namen entschlossen habe, nach Altona zu gehen. Unter allen charmanten Perspectiven, die Altona für mich hat, ist die, den allerschönsten Lepus und Purhahn und den treuen Herrn Witzius zu sehen, nicht die geringste; und es mußte auch keine geringere sein, um denen vielen, besonders ökonomischen Schwierigkeiten gegenüber ihr das Uebergewicht zu geben. Was zu diesem Entschluß die Gelegenheit gegeben, da berufe ich mich auf mein Schreiben an Herrn Clauswitz; und die Ursache, warum ich so früh etwas davon sage, ist die, weil Euer Schwager nun in Hamburg ist, und wenn er davon gereist ist, nicht wieder so bald hinkommen wird; und ich ihn bitten mußte, mir ein Haus in Altona und einen Traiteur, der uns speisete, ausfindig zu machen; ich auch bald wissen muß, ob er diesen Sommer herkommt oder nicht, um mich mit den Leuten darnach zu richten. Denn wenn er nicht kommt, so gedenke ich, will's Gott, etwa im Monat May herauszureisen, welches mir viel lieber wäre; denn so könnte ich des Sommers viel auf meines Schwiegersohns und des Geheimeraths Gütern sein; sähe Stintenburg, welches Fritz lieber hat als mich; sähe es, und hätte — — ihn lieber als Stintenburg. Wüßte ich nur was, das mein Lebeus lieber hätte wie mich, so wollte ich mich auf eben so eine Art rächen. Gegen Herrn Clauswitz habe ich von je her eine solche Rache ausgeübt, denn ich habe ihn beständig lieber gehabt als Schnützelbüchsle. Gestern hat mir Niebuhr gemeldet, daß das ganze General-Landwesenscollegium einen Churfürsten bekommen, und dagegen eine Commission errichtet ist ⁊c. Heut sind die Prinzen von Schweden nach Helsingör angekommen, sie haben alle Hofbedienten verbeten und wollen incognito hier sein. Wie sich der Kronprinz nennt, weiß ich nicht; der Prinz Adolf nennt sich Graf von Schonen.

Den 24ten. Nun eben habe ich die große Freude, Eure Briefe zu erhalten, dafür ich Euch sehr danke, wie auch für die Beruhigung, so mein lieber Lebeus mir wegen des Jones gibt; nicht böse, mein schöner Lepus! Daß Ihr einen Posttag nichts von mir erhalten, begreife ich gar nicht; wir haben gewiß jeden Posttag geschrieben. Schreibt mir doch, wie es damit gegangen. Gott verhüte, daß er nicht verloren sei. Ihr wollt von meinem Befinden etwas wissen; es ist Gottlob ziemlich gut; ich habe doch einige Mal Nervenfieber gehabt. Die Kälte verbietet mir das Ausfahren, welches ich, so lange es gelind

Wetter war, jeden Tag that. O macht Wiße wieder gut; er ist in ein unaufhörlich Kritteln gekommen und struppt sich; o macht ihn wieder gut. Streichelt ihm jeder auf eine Schulter, und sagt ihm: das thun wir im Namen meiner Mutter c. Nun Adieu, meine schönsten besten Lebeus und Purhahn. Behaltet mich lieb, und seid meines unbeschreiblichen und unaussprechlichen Attachements versichert. Mein Secretär empfiehlt sich auf's zärtlichste.

Christian an Katharina.

Den 29. November 1770.

Die Annäherung Deines Geburtstages, meine liebste Schwester, verdoppelt meine Wünsche für Dein beständiges, ununterbrochnes Glück. Du bist von mir versichert, das weiß ich, daß dieser Tag nur diejenigen Wünsche erneuert, davon für Dich mein Herz beständig voll ist; und welche Du am besten beurtheilen kannst, wenn Du Dich prüfest, was Du Deinen geliebtesten Freunden anwünschest.

Ich werde freilich diesen Tag durch das Andenken an die vorigen Zeiten betrübt zubringen, doch aber auch mein Saitenspiel von den Weiden nehmen, und mich über das Glück freuen, eine Schwester zu haben, die mich so sehr liebt, die ich so sehr liebe und die es so sehr verdient. Ich bin überzeugt, Du wirst den Tag auch Reflexionen machen, und wohl noch mehr als sonst an die Abwesenden denken. Nur das bitte ich, nicht so, daß die Freude, der dieser Tag gewidmet sein muß, darunter leidet.

Ich kann Dir nicht beschreiben, wie unzählig oft ich an meine geliebten Abwesenden denke. Was für eine charmante Gesellschaft machten wir oft in Rondstedt aus, und wie sind wir jetzt zerstreut! Dieser Propos, wirst Du sagen, schickt sich nicht zur Gratulation. Du hast recht; das alte Sprichwort aber auch: Wovon das Herz voll u. s. w. Ich umarme Dich, meine geliebte Schwester, mit der größten Zärtlichkeit, und empfehle mich auf's neue Deiner Liebe, ob ich ihrer gleich völlig versichert bin. Die lieben Kleinen, besonders Lenchen, grüße ich herzlich, und gratulire Magnus auch zu seinem Geburtstage.

St.

Auf demselben Blatt schrieb sein Bruder Folgendes:

Friedrich Leopold an Katharina.

Bei der Annäherung Deines Geburtstages concentrirt sich alle Liebe und Zärtlichkeit, die ich für Dich, liebste Schwester, empfinde. Wie gerne, mit welcher Freude überlasse ich mich nicht diesem Gefühl; und dennoch „Trübt sich im Weinen der Blick, träufelt die Thrän' auf den Kranz." Wenn die regrets, die ich fühle, nicht Dir gewidmet wären, so würde ich sie mit allen traurigen Ideen bei der Nähe eines solchen Tages, dem ich so viel, dem ich Dich zu verdanken habe, verbannen. Aber so, da sie Dich betreffen, müssen sie mir auch selbst an diesem Tage heilig sein.

Von meinen Wünschen sage ich Dir nichts; die weißt Du, die muß Dein Herz Dir sagen. Du hast nur nöthig, wie in einen getreuen Spiegel hineinzusehen. Den lieben Kleinen empfehle mich, und wünsche Magnus in meinem Namen zu seinem Geburtstage herzlich Glück.

Du aber sei mir in diesem und allen folgenden Jahren die zärtliche Schwester, die Du mir immer warst; und was Du mir warst und bist, das fühle ich gewiß in seinem ganzen Umfange sehr lebhaft. Doch ich weiß, daß diese Bitte über= flüssig ist; so überflüssig es ist, Dir zu sagen, daß ich Dich unaussprechlich liebe, und mit der größten Zärtlichkeit umarme.

F. L. G. z. St.

Eine Bibel (Luther's Uebersetzung) ist noch vorhanden, welche Friedrich Leopold zum Neujahr 1772 von Halle aus seiner Schwester Katharina schickte. Er schrieb am 30. December 1771 eine Stelle aus einem Gedicht Cramer's hinein, nebst den Worten: „Mit diesen Zeilen empfiehlt sich dem zärtlichen An-denken der besten Schwester rc. Friedrich Leopold Graf zu Stolberg."

Unablässig erinnerte die Mutter ihn und die andern Ge-schwister daran, für das Heil ihrer Seele zu sorgen.

Gräfin Christiane an Friedrich Leopold.

Ronbstedt, den 8. Januar 1771.

Mein allerliebster Fritz! Bis auf diesem Augenblick habe ich gehofft, daß ich Dir eigenhändig würde schreiben können; ich war gestern so wohl, daß ich einen langen Brief an Herrn Clauswitz schrieb, in Hoffnung heut eben so wohl zu sein; und wartete daher bis heute mit den beiden Briefen an Lebeus und Dich. Da mich aber die Kälte ziemlich angreift, und es heute kälter noch als gestern ist, meine Nerven also ziemlich schwach, so ist es mir nicht möglich, mehr zu schreiben. Ich bin aber sonst Gottlob ganz wohl. Ob die Kälte mich gleichwohl angreift, so freue ich mich doch, daß wir sie haben, weil Ihr Euch dann viel Bewegung machen könnt, besonders mein lieber Lebeus, dem sie sehr nöthig ist. Ich danke Dir recht sehr für Dein letztes liebes Schreiben, so mich unbeschreiblich gerührt hat. Ich habe aus dem Antheil, den Du an Katrinchen ihrem Glück nimmst, mit Freuden gesehen, daß Du den Werth davon zu schätzen weißt; um so viel mehr und dringender bitte ich Dich, Dich auch dieses Glückes theilhaftig zu machen, und Dich nicht damit zu begnügen, daß Du es Dir wünschest, und daß Andre für Dich beten, sondern selbst mit allem Ernst darnach zu trachten, daß Du es erlangen mögest, und doch recht daran zu denken, daß es kein zeitliches Glück sondern ein ewiges ist, daß es auf deine ewige Seele ankommt, für die der Heiland sein Leben gelassen, und von der er selbst sagt: Was hülfe dem Menschen, so er die ganze Welt gewönne, und nähme doch Schaden an seiner Seele! Denke öfters an den Spruch, und prüfe Dich vor Gott, ich beschwöre Dich darum, mein allerliebster Fritz, in welchen Zustand Deine Seele gesetzt würde, wenn Du plötzlich stürbest. Denke der Sache mit allem Ernst nach, wie Du gewohnt bist, andern Sachen ernstlich nachzudenken; so wirst Du Dich über Dich selbst verwundern, daß Du in der Sache, davon Ewigkeiten abhängen, das ewige Schicksal Deiner Seele, so nachlässig gewesen bist. Meines Gebets kannst Du gewiß versichert sein; das wird aber gar nicht helfen, wenn Du mich nicht secondirst; und Du weißt, daß wahrer Ernst erfordert wird, um das Kleinod zu erlangen, und daß dieses den Ernst wohl verdient. Ich bitte Dich, um aller der Liebe willen, die Du zu mir hast, mit Ernst an das Heil Deiner Seele zu denken, und mir die unbeschreibliche Freude zu machen, die so oft, ach leider so oft wiederholten Versprechungen suchen wahr zu machen. Wir können zwar nichts zu dem Werk unsrer Seligkeit thun, aber alles hindern, durch Trägheit, durch Nach= lässigkeit. Laß Dich durch all Dein Elend nicht abhalten, den Heiland zu bitten, Dir selbst den rechten Ernst zu geben; er brennt wahrhaftig in Liebe gegen Dich. O solltest Du sein Herze sehen, wie sich's nach armen Sündern sehnt, sowohl wenn sie noch irre gehen, als wenn ihr Auge vor ihm thränt! Wie streckt er sich nach Zöllnern aus, wie eilt er in Zachäi Haus, wie sanft stillt er der Magdalenen den milden Fluß der Thränen, wie zärtlich blickt er Petrum an, da er doch noch so tief gefallen. Das hat er nicht nur gethan, da er auf Erden mußte wallen; nein, er ist immer einerlei, gerecht und fromm und ewig treu.

Und wie er unter Schmach und Leiden,
So ist er auf dem Thron der Freuden
Den Sündern liebreich zugethan.
Mein Heiland nimmt die Sünder an,
Und denkt nicht, was sie sonst gethan;
Mein Heiland nimmt die Sünder an.

Nun Abieu, allerliebster Fritz. Ach denkt, allerliebste Kinder, daß die Liebe Christi alle Erkenntniß übertrifft.

[Die beiden letzten Zeilen schrieb Gräfin Christiane eigenhändig.]

In den Osterferien 1772 besuchten die Brüder ihre Mutter in Altona; anderthalb Jahre lang waren sie von einander getrennt gewesen. In dem hier folgenden Briefe spricht Friedrich Leopold von den neuen Bekanntschaften, die er nächstens in Altona machen werde.

Friedrich Leopold an Katharina.

Den 16. April 1772.

O wie gerne hätte ich Dir neulich antworten wollen, meine allerliebste Schwester, aber es war mir unmöglich. Tausendmal hat mein Herz Dir mit einer Zärtlichkeit, welche Du so sehr verdienst, für diesen charmanten Brief gedankt. Komm, meine Geliebte, laß Dich dafür küssen.

Dein Wasserabentheuer ist gewiß sehr komisch, aber freilich ist es auf der andern Seite etwas mehr als komisch. Erstaunend lebhaft kann ich Dich mir vorstellen, wie Du am Ufer des Teiches herumgingst, dich endlich setztest, und den Kopf stützend, Deinen Gedanken Audienz gabst. Denn den Kopf würdest Du gestützt haben, wenn Dich auch das Wasser nicht geblendet hätte; ich keine Deine Attitüde, wenn Du einer Gedankenjagd nachhängst. Aber Du bist sehr lose gewesen, die Angst der guten Weiber durch angestellte Melancholei zu vermehren; auch hieran kenne ich Dich, denn unter dem Schein des Ernstes bist Du mehr als einmal sehr lose gewesen. Das gute Judenmädchen habe ich recht liebgewonnen.

Nun muß ich von den Ferien reden. O meine Allerliebste, mir schwillt das Herz, wenn ich daran denke (und ich denke fast unaufhörlich daran,) daß wir so bald beisammen sein werden Ich nähre mich mit diesem Gedanken; o wie süß ist er! Zuweilen freue ich mich, als wenn wir uns nicht wieder scheiden sollten; doch — wer lehrt mich, nun vom Scheiden zu reden; das kam sehr mal à propos.

Du fragst mich, ob Du die Speth präsentiren sollst. Freilich, meine Liebste; aber ob sie von mir ein freundlich Gesicht kriegt, das ist noch so eine Frage. Es kommt darauf an, ob ich just in dem Augenblick jaloux bin. Scherz bei Seite, ich freue mich sowohl auf diese als auf die andern Freunde unsrer besten Mutter; erstaunend neugierig bin ich, alle zu sehen. Von jedem habe ich mir ein Ideal gemacht; werden sie diesem Ideal ähnlich sein? Die Spethen muß ich darum sehen, damit ich ein anderes Bild von ihr bekomme; ich weiß nicht warum, aber wider meinen Willen stelle ich sie mir immer von außen vor wie die Else Marie. Du siehst, wie nöthig es ist, daß ich ein andres Bild von ihr kriege. Hensler stelle ich mir vor wie Sally, nur größer; eine feine Physiognomie muß er gewiß haben. Wenn ich viel von Leuten höre, so mache ich mir gleich ein Bild von ihnen; und wenn es zutrifft, freue ich mich jedesmal. Geht es Dir nicht auch so? Du wirst gewiß die Anmerkung machen, daß ich heute schwatzhaft bin; Du hast Recht, meine Allerliebste. Ich schließe, aber nicht ohne Dich vorher in die Arme zu schließen. Herr Clauswitz empfiehlt sich.

F. L. Stolberg.

Von dem „Wasserabentheuer" ist auch im folgenden Briefe die Rede. Sinnend war Katharina einhergewandelt; dann hatte sie nachdenkend, anscheinend schwermüthig, lebensüberdrüssig, da gesessen. Frauen waren in der Nähe, bei ihnen ein Juden= mädchen. Sie eilten herbei, als sie sich erhob, dem Teich sich näherte; voll Besorgniß, sie möchte ihr schlimmes Vorhaben aus= führen, in der kühlen Flut den Tod suchen; besonders lebhaft war das Judenmädchen.

Christian an Katharina.

Halle, den 16. April 1772.

Tausendmal danke ich Dir für Deinen lieben Brief, meine liebste Schwester; ich hatte mir ganz fest vorgenommen, ihn schon mit der letzten Post zu beantworten; es war mir aber nicht möglich, und jetzt freue ich mich sehr, daß ich die Freude, mit meiner liebsten Schwester zu schwatzen, nicht schon gehabt habe, sondern sie jetzt ganz empfinde. Dies ist der letzte Brief, den ich Dir schreibe; o, meine liebste Schwester, dies ist ein Gedanke, der mir die ganze Seele füllet, und den ich nicht ohne Entzücken denken kann. So schön es auch ist, sich schriftlich mit abwesenden Freunden zu unterreden, so ist es doch nichts mehr als ein Schatten gegen die Wonne, die uns die Gegen= wart derjenigen erregt, an die unser ganzes Herz gefesselt ist. Und diese Wonne erwartet mich; o, meine Schwester, ich bin außer mir!

Ueber Deine Geschichte am Teich habe ich zwar sehr gelacht, sie ist aber doch mehr als lächerlich. Die guten Weiber und besonders das gute Judenmädchen, diese sollst Du mir gewiß präsentiren. Hensler sollte eine poetische Erzählung davon machen, und den Ruhm der Jüdin verewigen; gewiß verdiente sie es viel mehr als Viele, die dem Dichter ihre Ewigkeit zu danken haben.

Die Spethen willst Du mir also präsentiren? Nur meiner anima generosa wirst Du es zuschreiben können, wenn ich sie als Deine Freundin und nicht als meine Rivalin ansehe; ich weiß sehr wohl, wie sehr ich Ursache habe, auf sie eifersüchtig zu sein. Hochberg wird in diesen Ferien nach Stolberg reisen; billig sollte er darüber entzückt sein, in den Kreis lauter Vettern und Basen zu kommen; aber er freuet sich gar nicht, und versichert, er würde nicht reisen, wenn nicht sein Stube frisch sollte gemalt werden. Adieu, meine liebste beste Schwester.

C. Stolberg.

Im Herbst 1772 gingen die beiden Brüder nach Göttingen. Nicht ganz ein Jahr blieben sie da.

Friedrich Leopold an Katharina.

Den 22. Oct. 1772.

Gerührt, betrübt, erfreut hat mich Dein charmantes Briefchen, meine liebste Schwester! Nimm von mir den zärtlichsten Kuß dafür. Natürlich und lebhaft beschreibst Du Deine Empfindungen, welche Du einige Stunden nach unserer Trennung hattest; ohngefähr eben so ging es mir im unruhigen Augenblicke des Abschieds; nicht schnell, sondern nach und nach kam die volle Empfindung der Abwesenheit. Daß diese durch die Zeit nicht aufgehoben wird, liebste Schwester, das weißt Du. Auch darinnen geht es mir wie Dir, meine Beste, daß ich mich sehr durch die Nacherinnerung unsrer genossenen Freude trösten kann; und mich däucht, die Vermischung des Wehmüthigen und des Freudigen ist beinahe das interessanteste Gefühl, das man haben kann.

Noch Deiner mündlichen Gespräche so gewohnt, bin ich auch im Briefe schwaßhaft gewesen. Lebe wohl, meine Allerliebste; wie feurig mein ganzes Herz Dich liebt, o das weißt Du!

F. L. Stolberg.

Christian an Katharina.

Göttingen, den 23. October.

Dein liebes Briefchen, meine beste Schwester, wie sehr hat es mich erfreuet, wie hat es mich aber auch zugleich gerührt! Wenn ich nicht noch ganz voll von der Zeit wäre, die wir so glücklich, so vergnügt mit einander zugebracht haben, so würde Dein Brief die lebhafteste Erinnerung hervorgebracht haben. Aber wie wenig bedarf ich solche Hülfsmittel, meine liebste Schwester! Ununterbrochen bin ich in Altona; ich denke nichts, als daß jetzt diese schöne Zeit vorbei geeilt ist, daß wir sie aber ganz genossen haben, und daß uns noch hinterher die Nacherinnerung die schönsten Freuden macht, Freuden, die zwar mit Wehmuth vermischt sind, die aber die Wehmuth gefühliger und sanfter macht. Denn das kann sie; o wie viel milder sind die Freuden, die sie mäßigt, wie verschieden von den Freuden, die das laute Gebrause gibt!

Ich sage Dir nicht, wie zärtlich, wie unbeschreiblich ich Dich liebe. Du weißt es, daß ich Dich mehr wie mich selbst liebe, und daß ich ohne Deine Gegenliebe nicht glücklich, nicht ruhig sein könnte. Lebe wohl, ich umarme Dich mit dem wärmsten Herzen.

C. St.

Friedrich Leopold an Katharina.

Göttingen, den 9. Nov. 1772.

Die Versicherungen Deiner mir unschätzbaren Liebe wären nicht neu für mich, wenn sie nicht zu benjenigen gehörten, welche niemals den Werth der Neuheit verlieren können. Mein Herz trinkt sie ein, als wenn es vorher gezweifelt hätte, so gewiß es auch Deiner Zärtlichkeit war. Viel, fast beständig war gestern mein Herz im Cirkel welcher es allein beseligen kann. Ach, hätte ich doch würklich diesen Tag, welcher mir um meiner Geliebten willen so viel theurer ist, als er es sonst sein würde, ach hätte ich ihn doch mit ihnen allen zubringen können! Einige Fragen Deines Briefes muß ich beantworten; o wie süß ist es doch, daß man schriftlich schwatzen kann! Sehr zärtlich fragst Du, wie ich mich befinde. Gut, meine Allerliebste, in der That recht gut. Seltner, viel seltner ist mein Spleen und auch das Magenweh. Aber Du solltest auch meine Altklugheit bewundern, mit welcher ich für meine Gesundheit sorge. Mich däucht, ich bin es schuldig, auch besonders aus Dankbarkeit für das zärtliche Interesse, das so geliebte Seelen an meinem Befinden nehmen. Fast täglich, Du weißt, daß kein Wetter mich abhält, mache ich die Tour um den Wall, welche vierzig Minuten währt. Diese Promenaden thun mir sehr gut. Und Scherz bei Seite, der Wein hat mir sehr geholfen. Feder hätte Dir gleich gefallen. O meine Liebste, er ist ein vortrefflicher Mann; fromm wie ein Kind, gefällig wie die Freude; und so voll Verstandes, vielen Geschmacks und des edelsten Herzens. Wir haben es mit ihm ausgemacht, gegenseitig uns ohne Umstände zu besuchen, wenn es uns einfällt. Die öde Aue und die gelinde Leine habe ich gesehen, aber die Leine hoffe ich noch besser kennen zu lernen. Von Haller habe ich nichts gehört. Ungern frage ich; denn ich muß es dir in's Ohr sagen, sein Herz wird nicht für so gut gehalten als seine Schriften; oft habe ich dieses Urtheil schon in Halle gehört. Aber dem sei, wie ihm wolle, unedel kann sein Herz nicht sein, wenn es auch Fehler hat. Genug, wenn Fehler sich mit größerer Schönheit decken. Die Sonne zeugt das Licht und hat doch selber Flecken. Mit Zuversicht hoffe ich, daß Dönhoff Ostern kommen werde. Haugwitz und wir waren beiderseits sehr froh, uns wiederzusehen. Mein Bruder umarmt Dich mit der feurigsten Zärtlichkeit 2c.

F. L. Stolberg.

Friedrich Leopold an Katharina.

Göttingen, den 4. März 1773.

Wenn ich mich hinsetze, um an Leute zu schreiben, die mein ganzes Herz liebt (und in dem Verstande, wie ich diesen Ausdruck nehme, gibt es deren sehr wenig), so fühlt mein Herz immer sehr viel dabei. So geht es mir nun, in einem sehr hohen Grade. Doch das brauche ich Dir nicht zu sagen ꝛc. Kannst Du Dich erinnern, wie oft in einer kurzen Zeit nacheinander Cicero, wenn er an Atticus schrieb, gewisser Statuen erwähnte, die er mit Ungeduld erwartete? So werde ich von nun an, und ich habe es schon gethan, sehr oft in meinen Briefen nach Altona der schönen künftigen, nur zu kurzen Zeit erwähnen, welche uns bevorsteht. Der Gedanke ist mir immer so gegenwärtig, ich anticipire diese Tage so lebhaft, als wenn sie schon ganz nahe wären. Doch sie werden endlich kommen! Hast Du die drei Gesänge des Messias schon gelesen? Ich bin erstaunlich begierig darauf. Doch in diesen Tagen werden wir sie kriegen; denn Klopstock hat Hemmerde zum zweiten Mal Ordre gegeben, sie uns zu schicken. Wie geht es mit Plutarch? Er wird Dir unendlich gefallen. Ich lasse mir es nie ausreden, daß die Natur in den Zeiten viel mehr große Leute hervorbrachte; oder, was ich eben so gern glaube, die Einfalt der Sitten und die Freiheit waren die Ursache dieser Größe. Sie waren moralische Colossen, wir sind moralische Pygmäen; und dem Herzen nach noch mehr als dem Verstande nach ꝛc. Doch Gottlob, daß es noch edle Menschen gibt. Unser Familiendämon raunt mir manche Namen in's Ohr, deren das Alterthum sich nicht schämen sollte. Sehr natürlich fällt mir unser seliger Vater ein. Wie gefällt Dir meine Ode auf ihn? Schreibe mir doch, oder laß mir schreiben, welche Stelle Dir am meisten gefällt, was Dir mißfällt. Sie muß noch etwas geändert werden.

Mich ärgert's, daß ich seine Wahrhaftigkeit nicht hineingebracht habe. Die Hirschholmer Sache (in Gottes Auge war sie vielleicht größer als mancher Titanensturz, weil sie blos aus reinen Absichten kam und der Ehrgeiz keinen Theil daran hatte) diese hätte ich gar zu gern hineingebracht; aber es ward mir zu schwer ꝛc. Sage Lenchen sehr viel Zärtliches, mit der nächsten Post schreibe ich ihr.

F. L. Stolberg.

Friedrich Leopold an Katharina.

Göttingen, den 1. Juli.

Neulich entwischte mir die Gelegenheit, Dir zu schreiben; dann war ich in Cassel; und heute würde es mir an Zeit gefehlt haben, wenn ich mir nicht Zeit gemacht hätte. So leid es mir auch die vorigen Posttage that, daß ich Dir nicht schreiben konnte, so lieb ist es mir doch in diesem Augenblick. C'est une porte pour sortir, wirst Du sagen, um keiner Entschuldigung wegen voriger Faulheit nöthig zu haben. Nein, so war es nicht gemeint; ich sagte es in der wahren Empfindung der Freude, daß ich nun mit Dir schwatze.

Du empfindest es gewiß mit mir, daß wir schon im Juli sind. So geht ein Monat nach dem andern, jeder Abend bringt uns der glücklichen Zeit des längern Wiedersehens näher ꝛc.

Die Art wie es geschehen soll, sehe nicht ein; aber dennoch stelle ich mir zuweilen vor, daß wir alle werden unser Leben zusammen zubringen. Wir alle wurden nicht für Trennungen gemacht, Abwesenheit ist unsern Herzen ein fremdes Klima, in welche die Zeit uns nicht hineingewöhnt. O der bunten seidenen Pläne, die meine Einbildungskraft sich oft spinnt; möchten sie doch erfüllt werden! Ungetrennt und frei, frei, frei würden wir dann leben. Unsere Familiengrillen würden unsere Wohnung zu einer Insel machen, welche nur für wenige, uns ähnliche Freunde einen Hafen hätte. Möchte die Welt über uns lachen, unsre Engel würden sich freuen und Gott würde uns segnen. Unsre theure Lenchen umarme oft in meinem Namen. Mein Herz ist immer bei ihr. Zuweilen glaube ich, daß ich sie noch wiedersehen werde, ob ich gleich gewiß bin, daß sie sich nicht wieder erholen wird 2c. Schreibe mir ja viel von ihr. Hat sie noch so viel Freude an den Blumen? Jede schöne Rose, die ich sehe, möchte ich ihr schicken können.

F. L. Stolberg.

In September 1773 kehrten die Brüder von Göttingen zur Mutter zurück.

Bekannt genug ist es, daß sie einige Wochen nach ihrer Ankunft in Göttingen dem kurz vorher zu literarischen Zwecken gestifteten „Bund" oder „Hain" *) sich anschlossen, zu welchem die Mitarbeiter des Göttinger Musenalmanachs, namentlich Boie, Hölty, Voß, Miller, Karl Cramer, sich vereinigt hatten.

Am 12. September, dem Jahrestag der Stiftung des Bundes, wohnten sie der Abschiedsversammlung bei, die Nachmittags bei Boie, Abends bei Voß stattfand, und worüber ein Bericht von Voß vorliegt. „Wir waren," so meldet er, „schon um zehn Uhr auf meiner Stube versammelt 2c. Es war schon Mitternacht, als die Stolberge kamen." Letztere schieden um drei Uhr. Darauf erfolgte alsbald ihre Abreise. Ueber Hamburg, wo sie Klopstock sahen, reisten sie zur Mutter nach Altona.

Von da aus schrieb Friedrich Leopold, am 19. September, an die Bundesbrüder, in der überschwänglichen Weise, wie es im „Bunde" Gewohnheit war. Im Verkehr der Mitglieder

---

*) Erst später kam, durch die unrichtigen Angaben von Voß in seinem zweiten, erst 1804 erschienenen Leben Hölty's der Name „Hainbund" auf. Vgl. Herbst, Voß Th. 1. S. 285.

desselben war ein gegenseitiges Bewundern, um nicht zu sagen
Beräuchern, vorherrschend, das sie in eine Art von Taumel
brachte, nicht sehr verschieden von dem Punschtaumel, an dem
es mitunter auch nicht fehlte.

„Wenn ich Euch," so beginnt er, „meine geliebtesten
edelsten Freunde, schreiben wollte, was ich beim Abschied empfand
und was ich nun in der Trennung empfinde, so würde mein
Brief eine lange Klage sein. Nur etwas davon muß ich sagen,
mein Herz ist zu voll. Ohngefähr drei Viertelstunden blieb ich
nach dem traurigen Augenblick ungestört. Abwechselnd weinte ich
und war thränenlos; — das erste, wenn ich mir die genossene
Glückseligkeit vorstellte, das letzte, wenn ich mich dem Gedanken
überließ: Hin ist hin! Aber auch in der tiefsten Traurigkeit
rief mir mein Herz oft den Trost zu: Der Bund ist ewig!
Er und die Hoffnung des Wiedersehens sind allein vermögend,
mich zu trösten. Wiedersehen werde ich, will ich, muß ich einen
jeden unter Euch. Sollte ich Euch alle vereint wiedersehen,
sollte ich einem Landtag des Bundes noch beiwohnen können,
o dann würde der Wunsch meines Herzens ganz erfüllt!

„Vater Klopstock haben wir einen ganzen Vormittag gesprochen. Euch nennt er immer seine lieben Freunde. Wir
machten ihm Hoffnung zu der Bundeswallfahrt; mit einem frohen
Lächeln sagte er: „Das wäre charmant." Er verfolgte diesen
Gedanken, und sagte weiter: „Da sie zusammen reisen, würde
ihnen die Reise desto angenehmer sein." Das sagte er mit einer
Miene, in welcher ich den Wunsch, Euch zu sehen, las. O meine
Liebsten, sollte ich Euch so bald wiedersehen? Ich will nichts
von mir und meinem Bruder sagen; aber was will jede Schwierig-
keit gegen den Gedanken sagen: Klopstock ist der Zweck der
Wallfahrt! Er entschuldigte sich, nicht geschrieben zu haben, er
hätte immer schreiben wollen.

„Lebt wohl, lieben Männer und Brüder. Mit der feurigsten Freundschaft, mit der zärtlichsten Sehnsucht küsse ich jeden

inbesondere in Gedanken. Soll ich noch einige unter Euch hier an mein Herz drücken? In vierzehn Tagen bin ich entweder nicht mehr hier oder im Begriff zu reisen; denn meine Mutter ist entschlossen, mit uns zu gehen. Was Ihr thut, das thut bald."*)

Sechs Wochen nach der Ankunft der Söhne verließ Gräfin Stolberg Altona, und zog mit ihrer Familie nach Kopenhagen.

Von da aus schrieb Friedrich Leopold, am 16. November, an Voß, wiederum im Ton des Briefes an die Bundesbrüder, aber in noch mehr überschwänglichem Ausdruck, der noch mehr ächte und wahre Empfindung vermissen läßt. Wie ganz anders ist der Ton der Briefe an die Geschwister!

„Wie hat mich", so heißt es in dem Briefe an Voß, „Ihre Elegie mit den zärtlichsten, wehmüthigsten Empfindungen des Schmerzes und der Dankbarkeit und der weinenden Freude durchdrungen! O mein Voß, mein Voß, ich empfinde zu viel, ich kann es nicht aussprechen, wie lieb mir diese Elegie ist. Welche Thränen hat sie mich vergießen machen! Welche Thränen wird sie mich vergießen machen! Wie lebhaft hat sie mich in die Empfindungen der 12ten September=Nacht zurückgebracht, auf's neue und noch lebhafter, denn verlassen hatten mich diese Empfindungen nicht einen Tag. Kein Tag seit unsrer Tren= nung ist vorübergegangen, da nicht mein Herz geweint hätte, und oft auch das Auge. Ach, die Minute, wie „Dein Stolberg Dir um den Hals fiel," — o mein Voß, die ist mir ewig unver= geßlich, — und wie Miller mir den Mond zeigte. Ich lasse mir's nicht ausreden, daß heilige Schauer uns umschauerten. Gott hatte sein Wohlgefallen an uns. Dazu hatte er uns zu= sammengebracht 2c.

„Wie freut es mich, daß Sie Schönborn so haben kennen gelernt! Sollten wir den nicht in den Bund kriegen können?

*) Herbst, Voß. Th. 2. S. 257.

Von keinem wünsche ich es so lebhaft. Denn wir alle kennen ihn persönlich; das bloße poetische Verdienst muß uns keinen aufnehmen machen. Das Herz eines Mannes muß man ganz kennen, eh' er des Bundes werth gehalten wird. Hat Schönborn keine Lust zur Aufnahme gezeigt? Gott, wie brannte mir das Herz vor Verlangen, eh' ich aufgenommen ward. Aber ich hätte noch das Herz nicht gehabt, um die Aufnahme zu bitten, wenn ihr, meine Brüder, mir nicht zuvorgekommen wäret. Von Bürger wünsche ich, daß er möge Lust bekommen, daß er ansuchen möge, daß er mit ganzer Empfindung der Größe unsres Bundes bitten möge, aufgenommen zu werden und daß er aufgenommen werde. Der Grund seines Herzens ist wahrlich sehr gut." *)

In Kopenhagen erfreute sich Gräfin Stolberg nur kurze Zeit der Nähe der geliebten Tochter, Henriette Gräfin Bernstorff. Schon im December starb die Mutter.

In den „Erinnerungen" der Gräfin Julia lesen wir: „Am 20 December 1773, im 52. Jahr, starb meine Mutter, und zwar am Blutspeien ꝛc. Als wir in Altona wohnten, konnte Käthchen wegen großer Augenschwäche nicht ihr Sekretär sein; Lenchen nahm also ihre Stelle ein; und als diese erkrankte, mußte ich dies Amt übernehmen, so schlecht ich auch damals noch schrieb; meine Mutter diktirte schnell, und mit jeder Post gingen acht bis neun Briefe ab. Da lernte ich meine liebe Mutter erst recht kennen und sie mich; gegenseitig war die Liebe groß, und meine innige Theilnahme steigerte sich mit jedem Augenblick ꝛc.

„Im Herbst 1773 reisten wir nach Kopenhagen, und meine Brüder, die nun ausstudirt hatten, mit. Diese wohnten bei meiner ältesten Schwester Henriette, die schon lange mit Andreas Bernstorff verheirathet war; sie war früher Hofdame bei der Königin Sophie Magdalene gewesen und wurde kurz

*) Herbst S. 259.

nach meiner Geburt Braut. Wir wohnten im Hornemannschen
Hause, und meine Mutter hatte den Plan, im Frühling wieder
nach Rungstedt zu ziehen; allein ihre Kränklichkeit nahm zu,
und an meinem Geburtstag, den 9. November, war sie so
krank, daß sie niemand sehen konnte. Den 1. December,
Magnus Geburtstag, ließ sie uns beide zu sich rufen. Sie war
allein, wir knieten beide vor ihrem Bett nieder; sie betete sehr
rührend, segnete uns, und gab jedem ein kleines Andenken, mir
ein kleines Etui, was ich noch wie ein Heiligthum bewahre.
Zwei Tage nachher wurden wir Alle in ihr Zimmer gerufen;
sie saß in ihrem Lehnstuhl, und ließ sich die Füße frottiren;
ich stand beim Ofen und wärmte die Tücher dazu. Da schickte
sie unter irgend einem Vorwand meine Geschwister alle nach
einander weg, und rief mir mit gebrochener Stimme, da ihre
Zunge voller Blasen war, zu: „Julchen, liebst Du mich noch?"
Ich konnte vor Weinen kaum das Ja herausbringen. Da sagte
sie mit einem himmlischen Blick, den ich nie vergessen werde:
„Ich Dich auch!" Das war das letzte, was ich von ihr gehört
habe; aber in diesem Worte lag Trost und Segen für's ganze
Leben. Ich war vierzehn Jahre alt. Den 20. December wurden
mein Bruder Magnus und ich des Morgens früh gerufen; sie
saß sterbend, auf eine Hand gestützt, im Bette, konnte nicht
sprechen; — nur meine Schwester Käthchen, die treue Hinrichsen
und Clauswitz waren bei ihr. Wir knieten vor ihrem Bett
nieder, sie richtete ihre Augen mit unaussprechlichem Ausdruck
dreimal der Reihe nach auf uns Alle; sank dann plötzlich zurück, und
ein heftiges Blutbrechen machte ihrem frommen Leben ein Ende.
Magnus und ich gingen oft zu der lieben Leiche; nach ihrem
Wunsch wurde sie auf dem Kirchhof zu Birkerön unweit Rung=
stedt mitten unter den Bauern begraben. Der Rest des Winters
verging mir traurig. Im Frühling zog Käthchen nach Walloe, und
ich mit ihr. Die Trennung von Magnus ward mir unaussprechlich
schwer, ihm auch. Er kam nach Altona zum Professor Ehlers."

Die ältern Söhne sind nun eine Reihe von Jahren in Kopenhagen angesiedelt, Friedrich Leopold bis zum Jahr 1781, Christian bis 1777, wo er Amtmann in Tremsbüttel wurde. Bald nach ihrer Ankunft waren sie von König Christian VII. zu Kammerjunkern ernannt worden.

Der hier folgende Brief Christian's, wie wir sehen, ging nach Hamburg, wo damals Friedrich Leopold sich befand. Durch Dr. Mumsen veranlaßt, trat er hier in den Freimaurerorden.*) Schon um die Mitte des Monats finden wir ihn auf der Rückreise.

Christian an Friedrich Leopold.

Kopenhagen, den 2. May 1774.

Es war mein fester Entschluß, daß kein Posttag vorbei= gehen sollte, an dem Du nicht zum wenigsten einige Zeilen von mir kriegen müßtest; und doch hat Dir die letzte Post nichts von mir gebracht. Der ganze Sonntag ward so tumultuarisch von mir gelebt, daß ich in Wahrheit nicht einen Augenblick Zeit dazu hatte. Den Morgen ging ich mit meiner Schwester zur Löwenstiolten; wir kamen erst spät wieder. Ich war bei Hofe angesagt worden, und mußte mich geschwinde anziehen. Von da kam ich sehr spät wieder; es waren Fremde bei meiner Schwester. Ich mußte einen Augenblick at the teatable's conversation erscheinen; und nach sieben mußte ich zu Schimmel= mann. Damit es mir morgen nicht auch so gehen möge, so schreibe ich heute; ach, wie viel sicherer ist es doch, nichts aufzuschieben!

---

*) In einem Briefe an Voß, aus Lübeck vom 17. Mai 1774, weist er diesen darüber an Mumsen. „Er wird Ihnen etwas sagen, das Sie interessiren wird, welches ich aber dem Papier nicht anvertrauen darf." Herbst Th. 2. S. 263. Mumsen bekleidete später, und vielleicht schon damals, „eine vorragende Stelle in der Loge." Herbst S. 38.

Und endlich haben wir Deinen Brief; wir waren in einer unbeschreiblichen Ungeduld, bis er kam. Das ist entsetzlich; erst Mittwoch angekommen, und fünfzig Stunden vor Anker zu liegen. Du sagst uns nichts von Deiner Ungeduld; die mag doch ziemlich wüthend gewesen sein.

Daß Cramer auch wieder eine Trauung hatte, das ist unausstehlich; daß er mit nach Hamburg kommen will, um mit Dir zurückzureisen, das ist ganz des guten Mannes werth. Da haben wir uns sehr zu gefreut, daß Du mit dem Schiffer wiederkommst; so bleibst Du also gewiß nicht über vierzehn Tage in Hamburg. Daß ich nur ja recht lange Episteln von Hamburg kriege! Du kannst mir nicht weitläufig genug schreiben.

Hier hat sich die Scene doch etwas verändert; es sind viele Fremde hier, ein Prinz Salm, ein Comte de Creillon, Baron Diede und seine Frau, der beneidete Hardenberg und ein bischöflicher Eutinischer Gesandter 2c.

Mit der Gramm bin ich gestern zwei Stunden in Rosen= burg gewesen. Sie läßt Dich sehr freundschaftlich grüßen, und Dich pressiren. Wenn die Frau will, kann sie charmant sein; und keine ist so wie sie zur Conversation, die interessirte, ge= macht. Ich war auch einen Augenblick bei pretty miss, die sich sehr nach Dir erkundigte 2c. Ich war mit Schubert in Bernstorff; es war göttlich schön da, die Buchen sind schon meist alle grün; der Wald ist mit Schlüsselblumen besäet, und die Vögel singen so schön. Und noch drei Wochen bleiben wir in der Stadt, das ist unausstehlich.

Schubert reitet, als ob er gelehrt sei; ich mußte ihm sagen, die Stange nicht mit zwei Händen zu halten, und der englische Sattel machte ihn im Trabe blaß und roth. Mich däucht, ich habe jetzt noch weniger Zeit für mich; ich kaufe sie gewiß doch sehr aus, und lege mich meistens spät; aber ich kann zu nichts kommen. Das vortreffliche Wetter macht denn freilich, daß man viel ausgeht; und gewiß, die Zeit ist sehr gut angewendet; und da Katrinchen in dieser Woche reist, engrossirt sie den Rest meiner Zeit auch oft. Das Wenige, das mir bleibt, entziehe ich nie unserm Vater Homer ꝛc.

Ich habe mit dieser Post viele Briefe von Göttingen gekriegt, die ich Dir (die an Dich sind) hierbei schicke. Cramer's Briefe *) liebe ich nicht; der Stil und die Ausdrücke sind so sehr gesucht; und der Witz liegt nur in den Worten, oder soll drinnen liegen.

Ich habe von allen Menschen Empfehlungen an Dich, und besonders zärtliche von der Desmerough. Wie man sonst nach dem Spiel fragt: qu'avez vous fait, so fragt man mich jetzt nach Deiner Reise; ich möchte einen gedruckten Zettel austheilen. Lebe wohl; vielleicht schreibe ich noch morgen ein Blättchen.

C. St.

Oben hören wir zum ersten Mal von der verwittweten Oberjägermeisterin von Gramm, Luise, welche drei Jahre später Christian Stolberg's Gattin wurde.

Christian war, wie wir hier sehen, Anfangs Mai in Kopenhagen. Demnach ist das, was Herbst, in seiner Schrift über Claudius, über dessen Gedicht „der Frühling" mittheilt, mindestens ungenau. Erst aus dem Jahr 1775 ist die früheste, uns bekannte Nachweisung über persönliches Zusammentreffen der Brüder Stolberg mit Claudius.

Zu Anfang des Jahrs 1775 beschlossen die beiden Brüder, eine Reise nach dem südlichen Deutschland und der Schweiz zu machen. Am 21. März meldete Christian dies Klopstock. „Mein langes Schweigen," schrieb er, „kann ich dadurch nur wieder gut machen, mein liebster Klopstock, daß ich selbst komme, Sie in Karlsruhe besuche. Freuen Sie sich mit uns; mein

---

*) Es ist von dem jüngern Cramer die Rede, dem Genossen des Göttinger Bundes.

Bruder und ich, wir werden unser liebes Vaterland besuchen; wir werden den Sommer in den schönsten Gegenden Deutsch= lands und der Schweiz zubringen. Am Ende des April sind wir in Frankfurt; hier finden oder erwarten wir unsern Freund Haugwitz." Mit letzterm, dem spätern preußischen Staatsminister, waren sie von Göttingen her befreundet.

Als das Schreiben an Klopstock abging, dachten sie nicht, daß er im Begriff stand, nach Hamburg zurückzukehren. Das Jahr vorher war er vom Markgrafen Karl Friedrich von Baden berufen worden, nicht zu eigentlichem Geschäftsdienst, wie Göthe sich ausdrückt, sondern um durch seine Gegenwart Anmuth und Nutzen der höhern Gesellschaft mitzutheilen. Im October 1774 war er von Hamburg nach Karlsruh übersiedelt. Zu Ende des Jahres hatte er hier den Erbprinzen, nachherigen Herzog Karl August von Sachsen=Weimar kennen gelernt, der sich um die Prinzessin Luise von Hessen=Darmstadt bewarb, welche damals bei ihrer Tante, der Markgräfin, in Karlsruh verweilte. Aber schon Ende März brach er plötzlich wieder auf, — wie es scheint, in Sehnsucht nach der norddeutschen Heimath, und den be= lebtern Verkehr der großen Stadt vermissend. Er verließ Karlsruh, ohne auch nur vom Markgrafen Abschied zu nehmen, und reiste über Frankfurt, wo er — wie das auch auf der Hinreise ge= schehen — Göthe aufsuchte, nach Hamburg zurück.

Am 8. April reisten die Grafen von Kopenhagen ab, trafen schon am 11. in Hamburg ein. Hier erfuhren sie, daß Klopstock erwartet werde. Schon am 13. kam er. Den Tag darauf schrieb Friedrich Leopold: „Wir leben und weben bei Klopstock."

Christian an Katharina.

Hamburg, den 11. April 1775.

Ich muß Dir gleich den ersten Posttag schreiben, mein bestes Kathrinchen; und ich weiß, welche Freude ich Dir mache,

wenn ich Dir sage, daß wir so sehr glücklich über die See ge=
kommen sind. Dieser glückliche Anfang der Reise ist mir ein
gutes augure, daß sie glücklich sein werde. Wir haben Gustchen
etwas mager und bleich gefunden; sonst ist sie munter und
guter Dinge. Ehlers und seine Frau waren hier; der gute
Ehlers war recht wohl und munter, sie aber ist sehr hin=
fällig 2c. Denke, daß Klopstock morgen oder übermorgen kommt;
ei, ei, das hätte ich nicht sagen sollen! Da wirst Du nur an
ihn, und nur so neben bei an uns als seine Spießgesellen
denken; nicht wahr? Nä Nä, Kätchen, das weiß ich wohl,
daß Dein Herz immer bei uns ist, so wie das meinige Dich
gewiß nicht verläßt. Lebe wohl, liebstes Kätchen, ich drücke Dich
an mein Herz — und noch einmal.

C. Stolberg.

Friedrich Leopold an Katharina.

Hamburg, den 11. April 1775.

Wie wirst Du Dich mit uns freuen, mein allerliebstes
Katrinchen, daß wir so schnell und glücklich die Reise gemacht
haben. Aber Du wirst neugierig sein. Sonnabend, den 8.,
gingen wir zu Schiff, in zwanzig Stunden waren wir bei
Travemünde; mein Bruder ist gar nicht, ich etwas seekrank
gewesen. Den Abend in Lübeck besuchten wir einen Freund,
Testopf; Montag fuhren wir nach Wotersen, von da wir heut
ausfuhren und hier nach Mittag ankamen. Wir gingen zur
Winthem, wohin wir Gustelchen, welche bei der Gräfin Bernstorff war, holen ließen. Das gute Ding ist freilich etwas
mager geworden, sieht aber doch gesund aus. Die Freude war,
wie Du Dir vorstellen kannst, sehr groß. Diese Nacht wird sie
bei der Winthem logiren, vielleicht so lang wir hier sind. Klop=

ſtock wird in einigen Tagen, vermuthlich übermorgen, kommen. Diesen Abend werden wir und Mumſſen bei der Winthem eſſen. Ich habe keine Zeit. Mit der allerzärtlichſten Liebe drück' ich Dich feſt an mein Herz.

F. L. Stolberg.

Friedrich Leopold an Katharina.

Hamburg, den 14. April 1775.

Ich hatte Dir einen langen Brief ſchreiben wollen; kaum hatte ich mich geſetzt, ſo ward die Stube voll. Ich flüchtete von der Winthem ihrer Stube in Klopſtock's, und auch da waren Leute, aber Freunde. Doch machten ſie mir die Zeit kurz. Klopſtock, Miller und Voß ſind hier. Ich habe nicht Zeit, viel zu ſchwatzen; frage nicht, wie ſie gekommen, genug ſie ſind hier. Stelle Dir unſre Freude vor! Klopſtock und alle Altonaer laſſen Dich herzlich grüßen. Klopſtock kommt ge= wiß dieſen Sommer nach Dännemark.

Hier werden die Linden ſchon grün! Klopſtock hat in der Pfalz den 28. März ſchon Kirſchbäume in voller Blüthe ge= ſehen. Gleichwohl war Eis auf der Erde.

Geſtern haben wir den Abend bei Hensler gegeſſen; wir waren ſehr luſtig, tranken und ſangen. Ahlmännchen war nicht da, weil Ahlmännchen predigen ſoll. Wir ſind in einem gewaltigen Taumel, von Engagement zu Engagement. Da ſoll man ſich theilen zwiſchen Hamburg, Altona, Wandsbeck. Wir leben und weben bei Klopſtock. — Ahlmännchen's Augen ſind klein und ſüß wie Corinthen, wenn er von ſeiner Comteſſe in Walloe ſpricht. — Unſre Geſchwiſter umarmen Dich, ich drücke Dich feſt an mein Herz.

F. L. Stolberg.

In dem nun folgenden Briefe der Gräfin Bernstorff ist die Rede von ihres Bruders Leidenschaft für eine Engländerin, deren Vorname Sophie war, und die er in dem Gedicht „Stimme der Liebe" unter dem Namen Selinde feiert. So heftig die Neigung war, so schnell ist sie, wie es scheint, vorübergegangen.

Henriette Bernstorff an Friedrich Leopold.

Kopenhagen, den 25. April 1775.

Mit einer viel größern Rührung, als ich Dir ausdrücken kann, mein liebster Bruder, nehme ich die Feder, um Dir zu schreiben. Dein und meiner Geschwister Briefe haben mich in die größte Verwunderung gesetzt, und ich gestehe es Dir, in die größte Unruhe. Was soll ich zu der sonderbaren Sache sagen? Sie beschäftigt mich jeden Augenblick, sie füllt meine ganze Seele; mein Glück ist mir wahrlich nicht so theuer wie das Deinige. Das, hoffe ich, weißt Du; so kannst Du denken, wie mir dies am Herzen liegt.

Was soll ich dazu sagen? Ich sehe viel, viel Schwierigkeiten, das kann ich Dir nicht leugnen; gerne wäre ich bei Dir, um Dich zu bitten, Dich nicht zu übereilen. Du hast mir oft gesagt, wenn Du liebtest, würdest Du den Unterschied des Standes nicht achten; und ich bin unter gewissen Bedingungen derselben Meinung. Aber sehr, sehr selten sind die Fälle, wo man so denken kann. Kann ich glauben, daß dies der Fall ist? Einmal hast Du sie gesehen. Mein bester Fritz, wie eilig! Ist's möglich, den ernsten unwiderruflichen Entschluß zu nehmen, sich auf immer mit ihr zu verbinden? Sich über Schwierigkeiten, die gewiß nicht klein sind, hinwegzusetzen? Hat sie Vermögen genug, um daß Ihr nicht beide in eine unglückliche Situation kommt? Dies letzte ist mir wichtiger wie Stand und Geburt; weil es

42

keine Chimäre ist, sondern die stärksten Einflüsse auf's Glück des
Lebens hat. Daß ich hier nicht von Reichthum spreche, versteht
sich von selbst; aber das hoffe ich von Dir, daß Du Dich nicht
leichtsinnig in eine Situation begeben wirst, die Dich und sie
unglücklich machen würde 2c. Das Alles beunruhigt mich auf's
äußerste, wenn die Sache zu Stande kommt. Und thut sie's
nicht, ach mein Bester, Dich wieder in einer hoffnungslosen
Leidenschaft zu sehen, das macht mein Herz bluten.

Das Portrait, das Ihr alle mir von der Sophie macht,
ist sehr reizend. Aber Ihr lieben Leute kennt sie ja doch noch
nicht. Wenn sie nun nicht der Engel wäre, den Du in ihr
siehst? Ach, wie mich die ganze Sache ängstet, kann ich Dir
gar nicht sagen. Ich bitte Dich, thue nichts Unüberlegtes;
denke, daß nicht nur Dein sondern wahrhaftig mein ganzes
Glück daran hängt. Ich bitte Gott, daß es zu Deinem wahren
und immerwährenden Glücke ausfallen möge; und nichts kann
mich einigermaßen beruhigen, als daß ich hoffe, daß er es zum
Besten lenken werde. Das denkst Du doch auch, mein Bester,
und bittest ihn darum! Ich erwarte die künftige Post mit der
allergrößten Ungeduld. Ich kann sonst von nichts schreiben,
wirklich sonst an nichts denken.

Eben kommt die Gramm; und trägt mir auf, Euch sehr
zu grüßen 2c. Ich muß schließen; an meine Geschwister kann
ich heute unmöglich schreiben. Ach, mein bester Fritz, wie
unaufhörlich denke ich an die Sache; Gott gebe einen guten
Ausgang! Denke, wie viel mir daran liegt 2c.

B.

Auch Göthe, mit dem sie durch Gotter, den Mitheraus-
geber des Göttinger Musenalmanachs, in Verbindung gekommen
waren und in Briefwechsel standen, hatten die Reisenden ihre
bevorstehende Ankunft angezeigt. Am 26. März schrieb er an
ihre Schwester Auguste: „Wie erwart' ich unsre Brüder!
Welch' ein lieber Brief von Euch Dreien!"

In Frankfurt schloß er sich ihnen an. Gemeinschaftlich setzten sie die Reise fort.

Ueber ihren Frankfurter Aufenthalt wollen wir aus Göthe's Bericht Einiges mittheilen. „Die Grafen Stolberg," erzählt er, „meldeten sich an, die, auf einer Schweizerreise begriffen, bei uns einsprechen wollten. Ich war durch das frühste Auftauchen meines Talents im Göttinger Musenalmanach mit ihnen und sämmtlichen jungen Männern, deren Wesen und Wirken bekannt genug ist, in ein gar freundliches Verhältniß gerathen 2c. Die Gebrüder kamen an, Graf Haugwitz mit ihnen. Sie wohnten im Gasthof, waren zu Tische jedoch meistens bei uns. Das erste heitere Zusammensein zeigte sich höchst erfreulich; allein gar bald traten excentrische Aeußerungen hervor. Zu meiner Mutter machte sich ein eigenes Verhältniß. Sie wußte in ihrer tüchtigen geraden Art sich gleich in's Mittelalter zurückzuversetzen, um als Aja bei irgend einer lombardischen oder byzantinischen Prinzessin angestellt zu sein. Nicht anders als Frau Aja ward sie genannt, und sie gefiel sich in dem Scherze. Doch hierbei sollte es nicht lange bleiben; denn man hatte nur einige Male zusammen getafelt, als schon nach einer und der andern genossenen Flasche Wein der poetische Tyrannenhaß zum Vorschein kam, und man nach dem Blute solcher Wütheriche lechzend sich erwies. Mein Vater schüttelte lächelnd den Kopf. Meine Mutter hatte in ihrem Leben kaum von Tyrannen gehört; doch erinnerte sie sich, in Gottfried's Chronik dergleichen Unmenschen in Kupfer abgebildet gesehen zu haben: den König Cambyses, der in Gegenwart des Vaters das Herz des Söhnchens getroffen zu haben triumphirt, wie ihr solches noch im Gedächtniß geblieben war. Diese und ähnliche, aber immer heftiger werdende Aeußerungen in's Heitere zu wenden, verfügte sie sich in ihren Keller, wo ihr von den ältesten Weinen wohlunterhaltene große Fässer verwahrt lagen. Nicht geringere befanden sich daselbst als die Jahrgänge 1706,

19, 26, 48, von ihr selbst gewartet und gepflegt, selten und nur bei feierlich-bedeutenden Gelegenheiten angesprochen. Indem sie nun in geschliffener Flasche den hochfarbigen Wein hinsetzte, rief sie aus: Hier ist das wahre Thrannenblut! Daran ergötzt euch, aber alle Mordgedanken laßt mir aus dem Hause!"

Dies und manches Andere erzählt Göthe. Aber wir dürfen nicht vergessen, daß er selbst die Schrift, worin er über sein Leben berichtet, „Dichtung und Wahrheit" nennt. Wie sehr die Dichtung vorwaltet, zeigt uns zum Beispiel, was er über den Aufenthalt in Karlsruh meldet.

Wir wissen, daß Klopstock nach Hamburg zurückgekehrt war. Seitdem sah er Karlsruh nicht wieder, kam überhaupt nicht mehr nach Süddeutschland. Gleichwohl erzählt uns Göthe, daß er und die Stolberge ihn in Karlsruh gefunden, und daß er über die ihm mitgetheilten Scenen seines Faust sich beifällig geäußert.

Ueber seinen und seiner Gefährten Aufenthalt in Karlsruh berichtend, schreibt er unter Anderm: „Wir fanden Klopstock daselbst, welcher seine alte sittliche Herrschaft über die ihn so hoch verehrenden Schüler gar anständig ausübte; dem ich denn auch mich gern unterwarf, so daß ich, mit den Andern nach Hof gebeten, mich für einen Neuling ganz leidlich mag betragen haben ꝛc. Einige besondere Gespräche mit Klopstock erregten gegen ihn, bei der Freundlichkeit, die er mir erwies, Offenheit und Vertrauen. Ich theilte ihm die neusten Scenen des Faust mit, die er wohl aufzunehmen schien, sie auch, wie ich nachher vernahm, gegen andere Personen mit entschiedenem Beifall, der sonst nicht leicht in seiner Art war, beehrt und die Vollendung des Stücks gewünscht hatte."

Auch Anderes, was Göthe von dieser Reise erzählt, ist erdichtet; und so anmuthig er das Alles auch vorträgt, wir können es natürlich nicht benutzen als Bericht über den wahren und wirklichen Hergang.

Friedrich Leopold an Katharina.

Frankfurt, den 12. May 1775.

Was soll ich Dir sagen, allerliebste Schwester! Du weißt
(denn ich setze voraus, daß Du alle Briefe an unsre Schwester
Dir schicken läßt) wie es mir nun geht. Du weinst mir gewiß
einige Thränen. Ich kann aber noch nicht aller Hoffnung entsagen. Ich halte mich an Alles, was Sophie gesagt hat, an
ihre Blicke, ihre Küsse. Ich habe zwar wenig Hoffnung, aber
genug um würksam zu bleiben. In gewissen Augenblicken hab'
ich mehr Hoffnung, aber wie weh wird's mir in andern. Das
Bild des süßen Mädchens ist mir so über alle Beschreibung
tief und lebhaft im Herzen. Meine erste Liebe war stark, aber
nur ein Schatten von dieser. Ich war so ganz Hoffnung! Gott,
ich hätte nicht gedacht, daß solche Freuden in diesem Leben
wären.

Es ist sonderbar, daß die Freude mich weit mehr angreift als der Schmerz. So lang ich selig war, konnt' ich
vor lautem Herzklopfen nicht schlafen, und wie froh war ich,
zu wachen; es vermehrte meine Existenz. Und nun! — Du
mußt Dir nicht vorstellen, daß ich immer den Kopf hänge, daß
ich immer weine. Ich habe fast nicht, höchstens viermal geweint.
Freilich ist der Schmerz zuweilen desto schwerer, und oft würden
Thränen mich erleichtern. Aber es kommt auch noch Balsam in
mein Herz. Die kleine, zuweilen größere Hoffnung, doch noch
endlich Sophie zu erringen, ist mir in manchen Augenblicken
ein Nektar in der Seele. Die über Alles schöne Natur der
hiesigen Gegenden, die Freude, Haugwitz, der ein himmlischer
Junge ist, wieder zu haben, Göthe zum Freunde, zum vertrauten
Freunde schon zu haben, mit ihm nun zu reisen, denn er
geht mit uns, zum wenigsten bis sechszig Stunden hinter
Karlsruh, eine neue Freundschaft mit einem jungen Menschen,
Klinger, der ein treffliches Herz hat und ein herrlicher Dichter

ift, und sich in unsre Stuben einlogirt hat, alles das läßt noch manche Freude in mein Herz. Gestern waren wir mit Haugwitz und Klinger in Mainz. Da sahen wir den Main in den Rhein fließen. Wir fuhren auf eine Insel im Rhein; den Rhein und diese Insel kann ich nun nicht beschreiben, es war über alles göttlich. Bei jeder Schönheit wuchs meine Hoffnung, Sophie noch zu kriegen! Sonntag gehen wir von hier. Mein Bruder umarmt Dich herzlich. Er verweist Dich auf einen langen Brief, den er heut an unsere älteste Schwester schreibt. Ich drücke Dich fest an mein Herz.

F. L. Stolberg.

Christian an Katharina.

Heidelberg, den 17. Mai 1775.

Ich schäme mich, meine Beste, daß ich Dir nun so lange nicht geschrieben habe; denn ob Du gleich von unsrer Schwester immer Nachrichten gehabt hast, ei so hätte ich Dir doch diese Nachrichten selbst sagen sollen. Oft hab' ich es thun wollen, immer bin ich aber abgehalten worden. Wenn Du unsere Wirthschaft auf der Reise sähest, Du würdest sehen, daß wir immer in so einem Taumel sind, daß man jeden Augenblick stehlen muß. Das macht uns herrliche Freude, daß wir mit Göthe reisen. Es ist ein wilder unbändiger, aber sehr sehr guter Junge. Voll Geist, voll Flamme. Und wir lieben uns schon so sehr; seit der ersten Stunde waren wir Herzensfreunde. Wir vier sind bei Gott eine Gesellschaft, wie man sie von Peru bis Indostan umsonst suchen könnte. Und so herrlich schicken wir uns zusammen.

In Frankfurt haben wir uns Alle Werther's Uniform machen lassen, einen blauen Rock mit gelber Weste und Hosen; dazu runde graue Hüte 2c. In Darmstadt haben wir einen braven Mann gelernt, der uns auch eine Tagereise begleitete,

den Kriegsrath Merk. Diesen Abend kommen wir nach Karls=
ruh. Unsre Gegenden sind noch immer gar schön gewesen, be=
sonders die Bergstraße. Da fährt man immer am Fuß des Ge=
birges, in Alleen von hohen alten Wallnußbäumen, Weinberge
zur Seite, oder Aecker, mit Fruchtbäumen hie und da besetzt.
Nun gehen wir hin, das weltberühmte Heidelberger Faß zu
sehen. Lebe wohl, ich küsse Dich tausendmal.

C. Stolberg.

Sein Bruder schrieb nur dies hinzu: „Ich hab' einen
langen Brief an unsre Schwester geschrieben, und sie gebeten,
ihn Dir zu schicken. Mit mir ist's, wie es in Frankfurt war,
als ich neulich schrieb."

Von Heidelberg gingen die Reisenden nach Karlsruh. Hier
lernten sie außer dem Markgrafen Karl Friedrich auch den
Herzog Karl August von Sachsen=Weimar und seinen Bruder
Constantin kennen. Von den beiden Prinzessinnen, die im fol=
genden Briefe erwähnt werden, war die eine des Herzogs Braut,
Prinzessin Luise von Hessen=Darmstadt, Tochter des Landgrafen
Ludwig IX., welche bei ihrer Tante, der Markgräfin, verweilte,
die andre ihre Schwester Amalie, die Erbprinzessin von Baden.

Der unten genannte Toby ist der mit den Brüdern und mit
Klopstock sehr befreundete Doctor Tobias Mumsen, Arzt in Altona.

Friedrich Leopold an Klopstock.*)

Straßburg, den 24. May 1775.

Ich muß Ihnen noch Manches von Karlsruh schreiben,
mein allerliebster Klopstock. Gestern haben wir's verlassen, und
sind gestern Abend hier angekommen ꝛc. Beide Prinzessinnen

---

*) Lappenberg, Briefe an Klopstock S. 260. Vergl. Redlich
in der Zeitschrift „Im neuen Reich." 1874. Bd. 2. S. 339.

haben mir überaus wohl gefallen. Luise hat unstreitig mehr
Geist, und doch ist die andre auch sehr interessant. Luise hat
mir von der Schweiz, von der Freiheit und von Lavater in
einem Tone gesprochen, der mich entzückt hat. Den Markgraf
muß man ehren und lieben. Die Markgräfin vertieft sich stark
in die Botanik und ist mir zu gelehrt, sonst gefällt sie mir;
ich habe auch Anecdoten von ihr gehört, welche ihrem Herzen
viel Ehre machen.

Der Herzog von Weimar und sein Bruder kamen noch
zwei Tage vor unsrer Abreise an ꝛc. Prinz Constantin sagte, Sie
und Gluck wären der Stolz Deutschlands, — die Engländer
wären die erste Nation. „Ich hoffe, Ew. Durchlaucht nehmen
uns Deutsche aus!" O, das versteht sich, ich rechne uns nicht
mit unter die Andern, wir über Alles! — Aber, mein liebster
Klopstock, ein Unglück! Wir haben aus schändlicher Vergessenheit
Böckmann ganz vergessen. Erst hier fiel es uns ein; wir waren
sehr betroffen, und sind es noch. Wir wollen deshalb an
Leuchsenring schreiben.

Der Anblick des Rheins eine Stunde von hier, wo wir
auf einer breiten Brücke über ihn fuhren, hat mich wieder sehr
gerührt. Es ist ein herrlicher Strom. Aber das Herz im Leibe
that mir weh beim Anblick des bezwungenen, nun französischen
Ufers. Aber sie werden nicht das schöne Land noch lang besitzen;
ich hoffe, wir werden uns endlich fühlen. Hier thut's mir weh,
die schönen deutschen Soldaten zu sehen, die der beste Schutz
Frankreichs gegen ihr Vaterland sind. Ein deutsches Regiment
liegt hier und fünf französische. Sonntag wird ein großes
Manöver sein, welches wir ansehen werden. Aber das Alles
ist nur Schattenspiel und Marionette. Ich habe den einen Gedanken an Sophie immer im Herzen. Oft bin ich fühllos, oft
ganz niedergeschlagen, oft auch süßer Hoffnung. Immer ganz
entschlossen. Ich werde unaussprechlich selig oder unaussprechlich elend, das ist gewiß.

So sehr ich auch wußte, wie man Sie in Karlsruh ehrt und liebt, so war es mir doch so süß, es von Allen, die ich in diesem Brief genannt habe, so oft und auf eine so herzliche Art zu hören. Jeden Augenblick hörte ich den Namen meines Klopstock nennen. Mein Bruder, Göthe und Haugwitz grüßen Sie herzlich. Ihrer theuren Nièce küsse ich die Hände. Ich drücke Sie fest an mein Herz. Lassen Sie Toby diesen Brief lesen, auch Voß; Miller ist ja wohl schon weg.

Friedrich Leopold an Katharina.

Straßburg, den 27. Mai 1775.

Vorgestern, meine allerliebste Schwester, erhielt ich einen Brief von Mumssen, welcher alle meine Hoffnung zu Boden schlug. Du wirst die Sache eher als ich erfahren haben, Du wirst herzlich mit mir leiden, das weiß ich. Das Mädchen, welches ich von ganzer Seele liebe, so stark als ich lieben kann, das süßeste beste Kind, macht mein Unglück. Was ich von ihrer Seite für Liebe hielt, war nur Freundschaft! Du weißt, was mich schon auf diesen Stoß präparirt hatte, aber gleichwohl überließ ich mich meinen Hoffnungen; nun sind sie dahin! Ach, und es ist das beste Kind, ein Engel in weiblicher Bildung. Das sage nicht nur ich, das sagen Alle, die sie von Kindheit an kennen. O Gott, welch ein Verlust, größer als wenn mir der Tod eine Geliebte entrissen hätte, denn sie entreißt sich mir selbst. Der Gedanke ist das bitterste im Kelche! Um Gottes willen versündige Dich am süßen Mädchen nicht. Sie ist bei Gott unschuldig. Sie hat mich nicht wollen glauben machen, daß sie mich liebte, des bin ich so gewiß wie meiner Existenz! Ich schreibe Dir nichts von der Art und Gelegenheit, wie sie sich erklärt hat. Ich weiß, Du kriegst unsre Briefe an unsre älteste Schwester geschickt. Sei nicht zu besorgt für mich. Ich will alles thun, was ich kann, nicht ganz zu erliegen. Gottlob, daß ich mit meinem Herzen in dieser Sache ganz zufrieden sein kann. Sogar die strengste Vernunft muß meine Liebe für den Engel billigen. Ich tröste mich allein mit ihren eigenen Worten: Diese Sonne geht unter und viele noch werden untergehn; dann kommt ein Tag, wo wir ewig beisammen sein und uns lieben werden!

F. L. St.

Auf dasselbe Blatt schrieb sein Bruder Folgendes:

Christian an Katharina.

Ich weiß, meine Allerliebste, wie sehr Dein zärtliches Herz leidet, und wie ununterbrochen Du mit dem Schmerz unsers Bruders beschäftigt bist. Mich hat diese Antwort, die zwar präparirt war, die mir aber doch in dem Augenblick ein unerwarteter Dolchstoß war, ganz zu Boden geworfen. Ich hatte so sehr in der Hoffnung gelebt; schon hatte ich mir das Glück, das ihn erwartete, mit so hellen, mit so reizenden Farben geschildert; und alle diese Hoffnungen soll ich nun aufgeben; o das ist zu hart, das durchbohrt mir das Herz. Ich bin von dem Mädchen überzeugt, daß sie kein Wort gesagt, daß sie keine Miene gemacht hat, um ihn glauben zu machen, daß sie ihn liebe. Aber wie sie Alles hat sagen können, wie sie ganz so hat handeln können, wie sie sprach und handelte, — dazu müßte man alles kleine Geäder der Mädchenseelen kennen, die so unerforschbar als die ganze Natur sind. Ob sie liebe, einen Andern liebe? Das ist mir eben so unerklärbar, da ihre Eltern und ihre besten Freunde nichts davon wissen. Und doch will ich gern glauben, daß sie liebt. Lebe wohl, meine Beste, ich umarme Dich tausendmal.

C. Stolberg.

In Straßburg trennte sich Göthe von seinen Gefährten. Im Juni trafen sie in Zürich wieder zusammen. Aber es dauerte nicht lange, so gingen sie von neuem ihre eigenen Wege. Am 5. Juni reiste Göthe mit einem Frankfurter Freunde weiter; und kam bis „an den Fußpfad, der nach Italien hinunter ging." Schon zwei Tage vor ihm hatten die Stolberge und Haugwitz Zürich verlassen, und ihre Fahrt nach den kleinen Kantonen angetreten. Mitte Juli finden wir sie wieder in Zürich; dann in Appenzell, in Graubünden, zuletzt in den westlichen Kantonen. Aber immer wieder kamen sie nach Zürich zurück; wie durch eine Art von Zauber wurden sie von Lavater angezogen.

Henriette Bernstorff an Friedrich Leopold.

Kopenhagen, den 30. Mai 1775.

Was soll ich Dir sagen, mein liebster bester Fritz? So viel Empfindungen bestürmen mein Herz; ich denke unaufhörlich an Dich, ich leide mit Dir, wie ich mit Dir gehofft habe; ich gräme mich, ängstige mich für Dich; kann nicht mehr wünschen, was ich so sehnlich gewünscht habe. Nein, mein Bester, ich kann Dir Sophien nicht mehr wünschen; wenn sie Dich nicht liebt, ist sie Deiner nicht werth. Ich hab's lange nicht glauben können, daß sie Dich nicht liebt; nun muß ich's glauben. Sie hat Dich getäuscht! Dich getäuscht! O hat sie denn gar kein Herz? Das meinige empört sich bei dem Gedanken. Sie hat Dich getäuscht, mit falschen Hoffnungen, mit Liebe die sie nicht empfand, oder nur den Augenblick empfand. Ich weiß es nicht zu erklären; in meinem Herzen, in allen den Herzen, die mir werth sind, finde ich nichts, das dem ähnlich sähe. Sie mag indeß Entschuldigungen haben 2c; aber Dein Herz verdient sie nicht. Nun bin ich auch stolz für Dich, und könnte den Gedanken nicht ertragen, daß Du für sie noch das Geringste thätest. O, möchtest Du die Sache so ansehen, wie ich sie ansehe! Alles was Du dabei leidest, empfinde ich ganz mit, das glaube mir; ach, zu sehr für mein Herz! Es blutet für Dich. O, könnte ich nur Deine Leiden dadurch geringer machen, gern nähme ich sie ganz auf mich. Alles thäte ich, um Dich weniger unglücklich zu wissen; gerne fiele ich Sophien zu Füßen, wenn ich glaubte, daß Dein wahres Glück in der Sache wäre. Aber glaube Du nur, daß Gott alles zum Besten wendet. O, das ist mein einziger Trost; es sei auch der Deinige! Ich bitte Dich, suche ihn ganz zu empfinden; suche Ruhe und Trost, überlasse Dich nicht dem Schmerz. Thu' das für mich; ich thäte ja alles für Dich. Ich leide unaussprechlich über die Sache; Du allein kannst mich trösten. Denke, wie viel mir an Deiner Beruhigung liegt. Vergiß mich nicht über Sophien. Wenn Du mich liebst, so schone Deine Gesundheit. Ach ich bitte Dich, zerstreue Dich, so viel Du kannst; man ist stark, wenn man nur will. Lies den Brief von Mumßen; mir ist er Trost gewesen.

Ach wie verlangt mich nach weiterer Nachricht von Dir! Mit Ungeduld und Zittern erwarte ich sie. Tausend Dank für den Brief von Karlsruh. Wie freut mich der Eindruck, den die schönen Gegenden, den die äußern Gegenstände auf Dich machen &c. Aber so viel Hoffnung hast Du noch! O, das zerreißt mir mein Herz, da ich nicht mehr hoffen, nicht einmal wünschen kann. Ich kann Dir heute nicht mehr sagen. Ich umarme Dich und meinen Bruder, mit Empfindungen die sich nicht beschreiben lassen.

B.

Henriette Bernstorff an Friedrich Leopold.

Bernstorff, den 6. Juni 75.

Wie soll ich Dir genug für Deinen Brief aus Karlsruh und Straßburg danken, mein liebster Bruder! O wie hat er mich gefreut, wie gut bin ich Dir dafür, daß Du ihn mir geschrieben hast. O hättest Du die Rührung gesehen, mit welcher ich ihn empfing! Ich ward blaß und kalt und zitterte, so daß ich mich verbergen mußte. Ich dachte, Du hättest schon Mumssen's Briefe bekommen; nun hast Du sie; o möchte ich doch jeden Augenblick sehen, wie es Dir geht! O wüßtest Du, wie viel mein Herz mit Dir und für Dich leidet! Manchen Trost habe ich doch in Deinem Briefe gefunden. Dank dafür, daß Du Deinen Schmerz nicht nähren willst, Dich nicht jedem Genusse verschließest. O wie theuer ist mir Alles, was Dir Freude geben kann! Möchte das nicht bloß auf die Hoffnung, die Dir noch übrig blieb, gegründet sein! Das fürchte ich zuweilen, und dann versinke ich selbst wieder in Angst und Sorgen. O könnte ich nur alles, was Du leidest, auf mich nehmen! Das bitte ich Dich nur, daß Du so unparteiisch, als es möglich ist, die Sache beurtheilen mögest; und wenn Du das thust, so mußt Du Dich bald trösten. Sophie ist nicht für Dich gemacht; das weiß ich so gewiß, als ich's weiß, daß ich geboren bin, um die zärtlichste Schwester zu sein. Ihre Seele und die Deinige sind gewiß nicht harmonisch gestimmt. Ich werfe ihr nichts vor; was kann sie dafür, daß sie nicht vom selben Thon geknetet ist wie Du, — bald hätte ich gesagt, wie wir; ich hätte es aber zu stolz gefunden. Sie kann so wenig dafür, als daß sie kein deutsches Mädchen ist. O mein Bester, Du mußt ihretwegen nicht unglücklich bleiben; gewiß wärst Du's geworden, wenn Du sie kriegtest; o, der Gedanke macht mich schaudern. Genieße die Freundschaft, genieße die Natur; auch Deine Geschwister mußt Du nicht vergessen; das ja nicht, daß Du's uns schuldig bist, Dich zu schonen, für Deine Gesundheit zu sorgen. Gott, wie fürchte ich dafür! Schreibe mir ja immer, wie's damit geht, ob Dein Magen gut ist.

Deine Beschreibungen haben mich sehr gefreut, besonders alles was Du über den Rhein sagst 2c. Hans ist sehr dankbar für seinen Brief; alle Kinder sind Gottlob sehr wohl und munter. Mein Mann fühlt sonst nichts vom Podagra, als daß er steif ist, wenn er viel gegangen ist. Er umarmt Dich auf's zärtlichste, und wir beide — soll ich ihn wie Göthe Christel nennen? — meinen Bruder; sage ihm, daß ich ihn ein wenig faul finde. Nun habe ich zweimal nichts von ihm gekriegt; wenn Du mir nicht sagtest, Ihr wäret alle beide ganz wohl, so würde ich unruhig werden. Euch beide drücke ich fest an mein Herz.

B.

Im Juli machten die Brüder die Reise in die kleinen Kantone. Göthe war am 5. von Zürich abgereist. Friedrich Leopold schrieb an Voß: „Wir werden ihn sehr vermissen, es ist ein herrlicher Junge, wir sind ihm und er uns herzlich gut geworden."

Friedrich Leopold an Katharina.

Appenzell, den 23. Juli 1775.

Wir sehr freute ich mich, zu hören, daß wir von hier aus schreiben könnten. Eben sind wir hier angekommen; wir halten hier Mittagsruh und gehen den Nachmittag weiter. Wir haben schöne, sehr schöne Gegenden gesehen. In diesem Kanton ist's, wo der Kuhreigen gesungen wird, dessen Melodie in Frankreich und Holland verboten ist, damit sie die Schweizer nicht mit dem Heimweh erfülle. Von allen Bergen hört man hier das Geläute der Kühe, welche alle Glocken am Halse tragen. Gestern sahen wir die schönste Kuh von der Welt ꝛc. Die hiesigen Einwohner sind ihres Witzes wegen in der Schweiz berühmt; ich kann von ihrem Witze noch nicht viel erzählen, sie sind aber sehr gut und freundlich, und immer froh. Vorgestern früh verließen wir Zürich. Schon den Abend vorher hatten wir von unsrem lieben Lavater Abschied genommen; frühmorgens schickte er aber wieder zu uns, wir sollten noch bei ihm früh= stücken. Wie froh waren wir! Ob es gleich sehr früh war, war dennoch die gute Frau auch aufgestanden, um uns noch zu sehen. Es ist ein liebes herzliches Weibchen. Lavater begleitete uns bis zu Heß, der auf dem Lande wohnt, in dessen Haus wir Jannecke und dem Wegweiser ein Rendezvous gegeben hatten; durch einen Zufall war Jannecke aufgehalten worden, und über eine Stunde blieben wir da und Lavater auch. Wie viel wollen wir noch mündlich von diesem lieben Manne sprechen! Du weißt wie viel ich erwartete, und gleichwohl hat noch nie ein Mann so sehr meine Erwartung übertroffen. Hier schicke ich Dir ein Lied, das ich vorgestern Abend unterwegs an ihn machte.

F. L. St.

Das Lied, das er sandte, ist das in den „Gesammelten Werken" gedruckte, welches mit den Worten beginnt: „Im Rosenschleier lächelt die Sonne noch." In der letzten Strophe desselben ist Pfenninger erwähnt, ein junger Prediger bei der= selben Kirche wie Lavater, und sein Freund.

Dem Briefe Friedrich Leopold's fügte sein Bruder einige Worte hinzu. Er schreibt: „An Euch lieben drei. Wie wohl thut mir's, daß Ihr zusammen seid, und daß ich mit Euch zugleich schwatzen kann! Oft werd' ich an Euch mit ungewöhn= licher Heftigkeit erinnert und meine ganze Seele zu Euch gerissen; dann redet Ihr von uns, ahne ich; und das thut mir herzlich wohl ꝛc. Unsre Reise würde ich mit mehr Vergnügen angetreten haben, wenn mich der Abschied von unsrem lieben Lavater nicht zu sehr niedergeschlagen hätte ꝛc. Lebt wohl, Ihr Geliebten; hier schicke ich Euch unsre physiognomischen Beschreibungen von

Lavater. Haugwitz hat unsre abgeschrieben, und ich seine. Lebt wohl, Ihr drei! Umarmt meinen geliebten Schwager und die geliebten Kleinen."

Friedrich Leopold an Katharina.

Genf, den 24. August 1775.

Wie haben beide Briefe mich gefreut, vorzüglich der von Rondstedt! Herzlichen Dank, daß Du mir die ganze Promenade, die Ihr gemacht habt, beschrieben hast. O wie süß wird mir in meinem ganzen Leben die Erinnerung dieser Gegenden sein; wie vieler einzelnen Spaziergänge erinnere ich mich, so mancher die ich mit Euch Lieben und unsrer Mutter fünfzehn Sommer hintereinander in dem Elysium gemacht habe! Du weißt, wie die Schweizergegenden mich entzücken; sie sind reicher an großen Gegenständen, sie erheben mehr das Herz; aber alle diese herrlichen Gegenstände verdunkeln nicht die Erinnerung jener sanften Schönheiten, mit welchen die Natur sich in Seeland schmückt. Jene freundlichen Buchenhaine, welche mit Aeckern, Wiesen und Landseen abwechseln, in der Ferne das erhabene Meer, das bald roth von der auf= oder untergehenden Sonne lächelt und bald mit allen Schrecken Gottes sich rüstet, sogar der November= sturm, der uns näher an das Feuer rücken machte, das alles, wie ist es mir so lieb! Ach, und die goldne Zeit der Kindheit, welche Rosen auf das alles und noch selbst auf die späte Nach= erinnerung streut! Ich beneide Dich, wieder da am Ufer des Deilizheiter Sees gesessen zu haben. Nur rasch vorbeifahrend, sah ich ihn mit Gustchen wieder; wir hatten nicht Zeit, uns aufzuhalten. Aber ich will ihn noch mit Thränen der Freude und mit der Wehmuth der Erinnerung wiederbegrüßen. Keinen Ort hab' ich so geliebt 2c. Es ist mir überaus lieb, Zimmer= mann kennen gelernt zu haben. Ein excellenter Mann! Von Lavater's Frau will ich Dir mündlich viel erzählen.

Christian an Katharina.

Basel, den 6. October 1775.

Welche Freude haben uns Deine lieben Briefe gemacht, meine Beste, und besonders der, darin Du uns die Freude des Tags beschreibst, den Ihr Schwestern zusammen so angenehm zugebracht habt. Da hätt' ich Euch begleiten mögen, da hätt' ich jede süße und jede wehmüthige Erinnerung zurückrufen wollen! Ich habe nach Eurer Beschreibung die ganze Tour mit Euch gemacht, und mich wiederum einmal durch das Andenken unsrer Jugendfreuden recht gelabt. Das war eine rechte Feier des 5. September. Ich hab' ihn auch recht mit Euch gefeiert, und den ganzen Tag keinen andern Gedanken als an unsre beste Mutter gehabt. Wie glücklich sind wir doch, eine solche Mutter gehabt zu haben! Zwar unglücklich, sie so früh ver= loren zu haben, aber doch glücklich; und was sag' ich! Wir haben sie nicht verloren; sie ist vorangegangen. Sie war werth, früh jede Wonne des Himmels zu genießen; und wird auch die genießen, daß ihr Gebet erfüllt wird, und daß sie dereinst im Triumph der mütterlichen Freude wird ausrufen können: Hier bin ich und alle die Kinder, die Du mir gegeben hast! Auf ihren Segen, der so kräftig sein muß, und der so reichlich auf uns ruhet, gründet sich meine Hoffnung. Gott gebe, daß sie nicht falsch sei!

Es wird mir auch immer deutlicher, wie viel wir ihr zu danken haben. Gott, welche Frau war das; welche reine himm= lische Seele, und welch ein hoher forschender durchdringender Geist! Wie bildend, wie unterrichtend war ihr Umgang, und wie lehrend ihr Beispiel! — Rondstedt hab' ich um ihretwillen besonders so lieb, daß es mir nur Mühe machen wird, es zu verkaufen. Die ersten Jahre, die wir dort zubrachten, waren die angenehmsten in ihrem Leben. Ihre Gesundheit war ziemlich

gut, und sie genoß jede Freude der schönen Natur, der Ein=
samkeit und des Umgangs der Wenigen, deren Umgang sie sich
wünschte. Auch meine vergnügtesten Jahre waren das. Gott
weiß, ob ich je noch so vergnügte erlebe.

Ich muß Dich auch beruhigen; fürchte nichts von Julie.
Es ist ein schönes liebenswürdiges Mädchen, die aber mein
Herz frei gelassen hat 2c. Ich glaube, daß Ihr von mir nicht
so leicht etwas zu befürchten habt. Nach einer ersten, langen
heftigen unglücklichen Leidenschaft scheint mir die zweite nicht
wahrscheinlich zu sein 2c.

C. St.

Friedrich Leopold an Katharina.

Basel, den 7. October 1775

Worte vermögen nicht, Dir zu danken, mein allerliebstes
Katrinchen, für Deine zween Briefe, welche ich hier gefunden
habe 2c. O, wohl recht hast Du in Allem, was Du von den
Tagen unsrer Kindheit sagst. Wie hat mich das gerührt, wie
so ganz wahr finde ich das, was Du von der Einfalt sagst.
Zum fromm und glücklich sein ist ein einfältiges Herz und ein
einfältiges Auge genug 2c. Siehe, so denk ich in meinen besten
Stunden, und ich schreibe immer in meinen besten Stunden an
Euch Schwestern; zu andern Zeiten jage ich dem Flitter noch
brünstig nach, und werde es noch lang thun; denn es ist leicht,
in der Einfalt zu bleiben, aber schwer, wieder zu ihr zu
kommen, wenn man sie verlassen hat. Aber wenn ich alt werde,
so hoffe ich doch noch, dahin zu kommen, daß meine Seele
bloß von der Natur und denen Büchern leben soll, die ganz
Kinder der Natur sind, wie mein alter kindlicher süßschwatzender
Homer, der in seiner Einfalt so groß ist. Der höchste unnach-
ahmliche und unnachgeahmte Grab der großen lieben Einfalt,

welche durchaus in der Bibel herrscht, ist mir der größte Beweis ihrer Wahrheit. So hat noch kein Dichter, selbst Homer hat nicht so darstellend erzählt wie sie. Man erkennt die Wahrheit in der einfältigen Erzählung und mehr als menschliche Weisheit in der Lehre 2c.

Der alte Haller taumelt noch am schalen Wein der Gelehrsamkeit 2c. Da wir bei ihm waren, sprach er immer von seinem Buch gegen Voltaire, das trocken genug werden wird. Er soll ein großer Pedant sein 2c.

Den 3. October verließen wir Bern zu Fuß und gingen nach Erlach am Bieler See. Die Gegend im Hingehen war schön. Die Sonne röthete den Bieler See, da wir an eine Insel kamen, welche mitten darin liegt. In der Kühle des Abends stiegen wir aus. O, welch eine Insel! Stelle Dir ein Land im schönen See vor, welches in der Mitte hoch ist und an allen Seiten niedrig wird; oben ist Wald und Gebüsche, an den Abhängen Weinberge und Wiesen. Oben sieht man rund herum die schönsten Ufer jenseit des Sees, Berge, Felsen, Weinberge 2c. Wir fuhren im Mondschein zurück. Tags darauf gingen wir nach Solothurn, wo wir des Mittags aßen 2c. Mein Lied das Wiedersehen, an Puletchen, wird Dir gefallen 2c. Ich schicke Dir auch einen Gesang, die Begeisterung, eins meiner besten, die ich gemacht habe 2c.

Christian an Katharina.

Lausanne, den 21. Oct. 1775.

Heute war ein froher Tag für uns, liebstes Kathrinchen. Wir kriegten so viele und so erfreuliche Briefe; auch von Dir, meine Liebste, und welche Freude machen mir Deine Briefe nicht! Und so gute Nachrichten geben uns diese Briefe. Daß die lieben Kleinen so glücklich inoculirt sind, und daß sie den lieben Eltern und Tanten gar keine Sorge gemacht haben, Gottlob dafür!

Und dann, so haben wir heute die Nachricht gekriegt, daß Haugwitzens Vater ihm erlaubt, mit uns bis nach Hamburg zu reisen; und ich glaube, daß es nicht schwer sein wird, die Erlaubniß von ihm zu kriegen, daß er noch weiter mit uns gehen darf. Das ist noch nicht Alles; von unserm Göthe haben wir auch einen Brief gekriegt, darin er uns Hoffnung macht, nach Weimar zu kommen. Das wäre allerliebst; wie wollt' ich mich freuen. Er schließt seinen Brief: „Gustchen ist ein Engel; hol's der Teufel, daß sie eine Reichsgräfin ist!" Hättest Du ihm doch auch geschrieben, so klagte er über Dich nun auch so!

Heute sind wir den ganzen Tag bei Severy auf seinem Landhause gewesen. Er lebt glücklich wie die Engel, hat ein liebes Weibchen und allerliebste Kinder. Sein voriges Hof- und Stadtleben macht ihm sein jetziges erst recht werth. Dein lieber Warnstedt ist hier in süßem Geruch.

Liebste, Beste, heute kriegst Du nichts mehr. Rathe, was mich davon abhält. Wir wollen auf die Gesundheit des alten Haugwitz eine Bouteille Champagner trinken, daß er uns seinen Sohn noch läßt. Lebe wohl, ich drücke Dich an mein Herz.

C. Stolberg.

Christian an Katharina.

Zürich, den 3. Nov. 1775.

Hier sind wir wieder in Deinem und unserm lieben Zürich, und haben Deinen und unsern Lavater mit vieler Freude sehr wohl wiedergesehen. Ehe ich denn Deinen lieben Brief beantworte, will ich Dir von ihm schreiben. Zu unsrer großen Bestürzung hörten wir schon vier Stunden von hier, daß er verreist sei,

und erst gestern Abend vielleicht wiederkäme. Wir liefen gleich
zu seinem Hause; weder er noch sein „Weibli" waren da 2c.
Wir besuchten einen unsrer Freunde, einen jungen Kaiser aus
Frankfurt, und gingen mit ihm zu Heß, um bei ihm zu Mittag
zu essen. Das war eine Freude, wie er, sein Schwager und
die Weiber uns wiedersahen.

Nach Tische gingen wir gleich mit Kaiser Lavatern entgegen.
Lange gingen wir vergebens, jeder Wagen gab uns vergebliche
Hoffnungen; endlich, endlich kam eine Kutsche, es war schon
dunkel, aber der Mond zeigte uns unsern Lavater. Er jauchzte
vor Freude, da er uns sah; gleich stieg er aus der Kutsche und
ging ein Stückchen mit uns 2c. Es war kühl, das schwächliche
Männchen mußte wieder in die Kutsche, und wir konnten ihn
am Abend nicht mehr sehen. Wir luden uns bei ihm zum
Frühstück ein; aber leider läßt er uns eben sagen, er müsse bei
einer Theilung den ganzen Tag zugegen sein; erst um vier Uhr
können wir ihn sehen. Die verteufelte Theilung; zum Glück ist's
eines Onkels Erbschaft, der ihm etliche tausend Thaler vermacht
hat. Es ist schwer, den guten Lavater hier zu genießen; er hat
immer so viel zu thun 2c.

Wir haben eine schöne Reise seit Bevay gemacht, durch
herrliche Gegenden. In Bern waren wir nur einen Tag 2c.
Von da reisten wir über Schinznach; der Ort liegt allerliebst;
ein schöner Eichen- und Buchenwald, Weinberge und Wiesen
umringen ihn auf einer Seite, die Aar auf der andern. Nahe
dabei liegt Schloß Habsburg, das Stammschloß des edelsten
Hauses in der Welt, das uns so viele Kaiser gegeben hat.
Man fühlt doch so was Eigenes dabei, die Wiege eines solchen
Geschlechts zu sehen. Nun will ich noch an alle Kinder schreiben,
an jedes einen eigenen Brief; ihre Briefe haben mich sehr gefreut.

C. St.

Die beiden Brüder verließen nun die Schweiz, traten die Rückreise an. Sechszehn Jahre später, auf der Reise nach Italien die Schweiz betretend, erzählt Friedrich Leopold: „Als ich mit meinem Bruder und Haugwitz die dreizehn Kantone, Graubündten, die wälschen Vogteien, das Walliserland, Neufchatel und alle mit den Kantonen verbündeten Länder zu Fuß durch= reisete, da besuchten wir alle vorzüglichen Seen dieses herrlichen Landes, vierundzwanzig an der Zahl."

Beim Rüsthaus in Bern entstand sein Gedicht: „Das Herz im Leibe thut mir weh, Wenn ich der Väter Rüstung seh';" — und beim Rheinfall von Schaffhausen das schöne Lied: „Süße, heilige Natur, Laß mich gehn auf deiner Spur." *)

In Ulm besuchten sie Miller, den Göttinger Freund; reisten dann durch Franken nach Thüringen. Gegen das Ende des November kamen sie nach Weimar. Dahin war unterdessen, vom Herzog Karl August berufen, Göthe übersiedelt.

Christian an Katharina.

Weimar, den 27. Nov. 1775.

Liebe, das sag' ich Dir nicht, was mir Dein letzter Brief war rc. Gerne hätte ich Dir gleich geantwortet, und Dir mein ganzes Herz in der ersten Wärme ausgeschüttet; das konnt' ich aber nicht. Hernach hatte mich der Gothaische Hof, wo wir Mittag und Abend waren, drei Tage ziemlich ausgetrocknet, daß ich Dir lieber nichts als so schrieb. Das freut mich inniglich, daß Du dieses letzte Mal noch so viel besser mit unsrer ältesten

---

*) Zuerst gedruckt in der Beilage zum Deutschen Merkur 1776. St. 2. Stolberg selbst bemerkt darüber: „Als ich den Rheinfall sah, überwältigte mich die staunende Freude. Meine Seele wogte hin und her. Nach und nach kam die Ebbe. In den letzten Aufwallungen der abwechselnden Flut und Ebbe ward meine Empfindung zum Liede." Ges. Werke Bd. 10. S. 387.

Schwester geworden bist. Ich weiß wohl, Ihr habt Euch immer zärtlich geliebt, aber es war doch nicht das Ausströmen und Einströmen, warm von einem Herzen in's andere ꝛc. Das fehlte noch; und natürlich war's, daß es fehlte. Wie wenig habt Ihr miteinander gelebt, wie selten seid Ihr allein miteinander gewesen; und Ihr Alle Beide gewinnt so sehr, gekannt zu sein ꝛc. Lange war mir der Mangel dieser nichts verschweigenden Vertraulichkeit ein Stein des Anstoßes gewesen; Gottlob daß er gehoben ist! Eben so wie Du von ihr, so schreibt sie von Dir. Mir ist's mit ihr ungefähr eben so gegangen, ob ich sie gleich von meiner Kindheit an immer viel mehr wie Du gekannt habe. Seit ich in ihrem Hause gewohnt, und sie täglich und stündlich in dem Familienzirkel, in den häuslichen Beschäftigungen gesehen habe, ist sie mir unendlich viel lieber. Da schätzt man ihre reine unverfälschte Seele, ihren leisen Takt für alles Rechte und Unrechte, und die Wahrheit, die in ihrem Charakter der Hauptzug ist. In einem Tage kann man sie da besser kennen lernen als sonst in einem Monat; da zeigt sie sich, da handelt sie; da hingegen sie in Gesellschaft wenig spricht und nie ihren Werth zeigen will.

Beste, Du forderst Verzeihung, daß Du mich durch die Erinnerung an unsre liebe Mutter wehmüthig machst; wie kannst Du das? Unsere theure Mutter lebt ohne Unterbrechung in meinem Herzen; sie lebt darin, so wie sie war, wenn ihr Geist, nicht durch die Fesseln des leidenden Körpers niedergebeugt, sich seinen ganzen Schwung gab, und wenn sie sich, von keinem Verdruß gestört, ganz den zärtlichen Empfindungen ihres liebenden Herzens überließ. O, wie viele Scenen ruft dann meine Erinnerung zurück, die ich noch so deutlich vor mir sehe, die der Triumph der mütterlichen Liebe waren, für die mein Dank ewig in meinem Herzen glühen soll. Sie lebt aber auch in meinem Herzen, so wie sie durch den langsamen Tod ermattet, mit der Ruhe einer Heiligen (die war sie) ihre Auflösung heran nahen sah; sie nicht ungestüm wünschte, denn sie wußte, was es ihren Kindern sein würde, sie zu verlieren, sich aber doch nach der noch genauern Vereinigung Gottes sanft sehnte. Wie leuchtete da der nahe Himmel aus ihrem sterbenden Blick, und wie wuchs die Liebe und die Anhänglichkeit ihrer Kinder, mit jedem Augenblick der sie der Trennung von ihnen zuführte! Gottlob, daß ich sie immer in meinem Herzen habe! Oft bewahrt es mich, oft ist sie mir mein Schutzengel; und immer wird die Sehnsucht, sie wieder zu sehen, mit ihr unzertrennlich zu leben, und ihr die heftig gewünschte Freude zu machen — mich ihrer zu erbarmen und selig zu werden, mir zum heißesten Wunsch, so zu leben, um dieser Seligkeit einst theilhaftig zu werden ꝛc.

Ich muß abbrechen; gerne schrieb ich noch mehr davon; aber wir sollen nach Hofe. Göthe ist hier; welche Freude! Lavater hat uns einen Brief durch die Herzogin geschickt, den sie uns gleich gab. Lebe wohl, Beste, mir ist's wohl bei diesem Briefe.

C. St.

Christian an Katharina.

Dessau, den 6. December 1775.

Der gestrige Tag war mir sehr theuer, meine Beste; der Gedanke, daß er Dich uns gegeben hätte, verließ mich nie, und machte mich so dankbar und so froh! Lebe recht glück= lich, meine Liebste, und bring keinen solchen Tag wieder zu in der Entfernung aller Deiner Dich so sehr liebenden Ge= schwister. Dieses kränkte mich gestern sehr, und ich wünschte mir immer Adler's Flügel, um mich zu betten am äußersten Meer, um Dich unerwartet zu überfallen und Dich nach Herzenslust an meine Brust zu drücken.

Von unsrem Wesen in Weimar weißt Du noch nichts. Da ging's uns sehr wohl, und wir brauchten Magnete, so stark wie es unsere sind, um uns so bald loszuziehen zu lassen.

Unser Göthe war da, und ist da; den hab' ich noch viel lieber gekriegt. Die ganze herzogliche Familie ist, wie keine fürstliche Familie ist. Man geht mit ihnen allen um, ganz als wären's Menschen wie unser einer. Du kennst Lowischen*) aus der Beschreibung. Noch eben der Engel! Die alte Herzogin, das Ebenbild des personificirten Verstandes und dabei so angenehm, so natürlich. Der Herzog ist ein herrlicher Junge, der sehr viel verspricht; und sein Bruder auch. Außerdem sind noch recht gute Leute da. Mit Wieland ging's uns schnakisch; wir waren den ersten Augenblick gespannt, das dauerte aber nur einen Augenblick. Wir fanden, daß wir uns über so viele Dinge ganz verstanden, daß es uns bald wohl zusammen ward; wir haben uns viel gesehen, und schieden als Freunde von einander. Einen Abend soupirten wir beim Prinzen (des Herzogs Bruder). Mit eins ging die Thür auf; und siehe, die alte Herzogin kam herein, mit der Oberstallmeisterin, einer trefflichen, guten, schönen Frau von Stein; beide trugen zwei alte Schwerter aus dem Zeughause, eine Elle höher wie ich, und schlugen uns zu Rittern; wir blieben bei Tische sitzen, und die Damen gingen um uns herum, und schenkten uns Champagner ein. Nach Tische ward blinde Kuh gespielt; da küßten wir die Oberstallmeisterin, die neben der Herzogin stand. — Wo läßt sich das sonst bei Hofe thun?

Gestern Abend kamen wir hier an, und sprachen Basedow 2c. Heute geht's nach Hofe. Lebe wohl, Beste, ich umarme Dich mit der innigsten Zärtlichkeit.

C. Stolberg.

Am 12. December 1775 schrieb Christian aus Berlin an Katharina unter Anderm: „Hier werden wir uns nur so lange aufhalten, als wir nothwendig müssen. In Potsdam

---

*) Die Herzogin Luise von Weimar.

haben wir alle Herrlichkeiten und Pracht gesehen, und bei Lowischens Schwester, der Prinzeß von Preußen, soupirt; es ist eine frohe natürliche Frau. Der König ist krank. Bei dem guten Rebingen hatten wir einen recht frohen Abend. Du hast doch meinen Brief aus Dessau gekriegt? Wir haben da einer herrlichen Saujagd beigewohnt; zwanzig Saue wurden erlegt, sechs Stunden rannten wir zu Pferd durch den Wald, drei Sauen hab' ich mit dem Hirschfänger den Fang gegeben. Das ist ein Leben!"

Friedrich Leopold an Katharina.

Berlin, den 16. December 1775.

Liebstes bestes Katrinchen, was soll ich Dir sagen für alle Deine theuern Briefe, welche wir hier gefunden haben? — Ich fange an, mich in Deine Sevigné zu verlieben, ich will sie in Kopenhagen lesen 2c. Claudius, unser Claudius ist hier, und reist mit uns zurück. Dieselbe Ursach, welche uns hierher- geführt, brachte auch ihn. Wie lieb' ich ihn, — den Israeliten in dem kein Falsch, in dem alles so ganz wahr und so ganz rein ist! Und dabei das tiefe Gefühl; er hat auch immer Mond- schein im Herzen. Als Dichter und Schriftsteller ist er mir einer unsrer ersten. Du weißt doch, daß er im Darmstädtischen eine Bedienung mit 800 Gulden bekommen. Da wird er ein Haus im Walde mit seiner lieben Rebekka bewohnen; wenn diese Hütte nicht von Engeln besucht wird, so besuchen sie keine mehr. O, Gott gebe mir Weib, Hütte und Geschwisterbesuch und Freundebesuch; so bedarf ich der Engelvisiten nicht! Deine schräge Silhouette ist abscheulich, der Ausschnitt ist gut, Göthe soll eine Silhouette draus machen, an Lavater will ich einen

kleinen Commentar dazu machen 2c. Empfiehl mich den beiden
Mumsen, besonders der Tochter. Grüße sonst weder rechts noch
links. Ich küsse Dich tausendmal.

F. L. Stolberg.

Claubius, den Stolberg in Berlin fand, hatte er schon
früher kennen gelernt. Aber lange dauerte die persönliche Bekanntschaft noch nicht. Erwähnt wird sie hier zum ersten
Mal. Von Briefen der Brüder an Claudius, welche veröffentlicht worden, ist der früheste der von Friedrich Leopold,
geschrieben auf der Rückreise aus der Schweiz nach Norddeutsch-
land, im November 1775.*)

Es waren namentlich Angelegenheiten des Freimaurerordens,
welche die Reisenden in Berlin beschäftigten, die Stolberge
sowohl als Claudius, am meisten aber Haugwitz, der ihnen
dabei voranging. Damals dichteten auch Friedrich Leopold sowohl
als Christian die Freimaurerlieder „bei der Aufnahme eines
neuen Bruders."

Lange Jahre hindurch dauerte bei Haugwitz die lebhafte
Betheiligung an den Angelegenheiten des Ordens. Ohne dieselbe wäre er vielleicht nicht zu den hohen Stellungen im
Staatsdienst gelangt, durch die er weithin bekannt geworden.
Stolberg selbst fügt in einem Briefe aus Wien vom 3. Nov.
1792, worin er seinem Bruder meldet, daß Haugwitz zum
Cabinetsminister ernannt worden, dies hinzu: „Für ihn thut
mir seine Ministerschaft der unsichtbaren Verbindungen wegen,
durch die er ohne Zweifel es geworden, sehr leid." **)

Anders war es mit Stolberg. Schon seit dem nächsten
Jahre, seit 1776, waren beide Stolberg, wie Voß in einem

---

*) Gedruckt erst im Jahr 1776, im ersten Heft des von Boie heraus-
gegebenen Deutschen Museums.

**) Merkwürdig ist, daß Haugwitz später in einer dem Kongreß zu
Verona eingesandten Denkschrift als Ankläger des Freimaurerordens auftrat.

Briefe an Mumsen, sich ausdrückt, nur laue Maurer gewesen. Freilich blieben sie noch eine Reihe von Jahren hindurch Mitglieder des Ordens. Ihr Verhältniß zu demselben lernen wir am besten kennen durch den Briefwechsel Friedrich Leopold's mit Voß.*) Letzterer brach im Jahr 1786 entschieden mit dem Freimaurerthum;**) und war im Begriff, mit seinem ganzen Ungestüm dagegen vorzugehen. Auch in Stolberg drang er, sich von demselben öffentlich loszusagen.

Stolberg lehnte dies ab, namentlich aus Rücksicht für seinen Freund Toby Mumsen, „der eine vorragende Stelle in der Loge bekleidete," und den er nicht kränken wollte. Am 9. März 1786 schrieb er an Voß, daß er und sein Bruder „mit dem ganzen Kram" nichts zu thun haben wolle. „Aber," fährt er fort, „seit zehn Jahren haben wir auch nichts damit zu thun gehabt. Die Nothwendigkeit, öffentlich dem Orden zu entsagen, können wir nicht einsehen, ehe wir wissen, daß die Sache böse sei. Zu einer Zeit, da wir sehr hohe Begriffe vom Orden hatten, wollten weder mein Bruder noch ich uns vom Orden brauchen lassen, wollten nicht wirken, ehe wir unsrer Sache gewiß wären. Denn, dachten wir, es wäre doch möglich, daß wir eine böse Sache beförderten. Jetzt möchten wir nicht gern öffentlich dagegen handeln, denn, denken wir, es wäre doch möglich, daß wir einer guten Sache schadeten. Ich muß Ihnen gestehen, daß die Idee, einen so guten und redlichen, wiewohl schwachen Mann, wie Toby, nicht kränken zu wollen, Antheil an diesem Entschluß hat. Daß sehr Viele Maurer sind, die gar keinen Antheil an der Sache nehmen, weiß jeder. Wenn nun unser qualecunque Ansehn Einige, die uns für eifernde Maurer halten wollen, in den Orden reißt, so sind wir daran

---

*) Mitgetheilt von **Herbst**, Joh. Heinr. Voß. Bd. 2. S. 277.

) „Das in seinem Leben wie ein ruinenhafter Rest aus den Tagen der Jugend stehen geblieben war." **Herbst S. 37.

unschuldig, und das Unglück wird nicht so groß sein. Weit größer wäre das Unglück, wenn sie uns verkennen und darum für lau für die Wahrheit halten wollten, weil wir nicht Eiferer gegen etwas sind, das vermuthlich Irrthum und Thorheit ist. Aber die Oberen sind Schalke? Das glaube ich, aber ich weiß es nicht. Und ich hänge ja durch kein Band an ihnen, habe ja nichts als den eiteln Namen eines Maurers, und bin sowohl als mein Bruder schon lang für das angesehen worden, was wir sind, für Leute, die nichts mit der Sache wollen zu schaffen haben. Lassen Sie mich aber doch ja Toby's Antwort auf Ihren zweiten Brief sehen, wenn er sie gerade an Sie schickt. Denken Sie diesem nur recht nach, und finden Sie sich und uns verpflichtet, dem Orden öffentlich zu entsagen, so schreiben Sie uns einen Brief, der Ihre Gründe enthält. Ich verlange das (unter uns gesagt) eigentlich meines Bruders wegen, weil er noch abgeneigter ist, als ich es bin, und zwar um Toby's willen, sich gegen die Sache öffentlich zu erklären. Und doch wird es auch mir von Herzen schwer. Aber Pflicht soll mir über Alles heilig sein."

Friedrich Leopold an Katharina.

Hamburg, den 25. December 1775.

Du wirst Dich wundern, meine Allerliebste, schon einen Brief aus Hamburg zu bekommen. Den 21. verließen wir Berlin. Zwo Stationen vor Gartow fanden wir einen Brief vom Bruder meines Schwagers, welcher uns bittet, nicht zu kommen c. Den 23. Abends kamen wir vor Hamburg an, aber die Thore waren zu; die Nacht waren wir in Wandsbeck. Früh waren wir hier; gleich hörten wir, alle Unsrigen wären wohl c. Gustchen fand ich etwas mager und blaß; das liebe Ding ist sehr guter Dinge, weil wir hier sind. Dank für

Deinen lieben Brief, welchen wir hier gefunden; es existirt also wieder ein Buch par excellence 2c. Ich predige, weil mir so zu Muth ist. Daß mir so zu Muth ist, wundert mich; denn ich bin sehr froh; habe mit Gustchen, Klopstock, der Winthem, Toby, mir schon heut und gestern viel zu gut gethan; heut auch schon herrliche Musik von Gluck und Händel gehört. Ich habe in Berlin die Schmählig gehört; nie hört' ich solche Stimme; aber dennoch ist mir nach wie vor der Gesang der Winthem unentbehrlich, wegen der Seele mit der sie den Gesang so ganz belebt, das immer mit dem Ton, im Ton der schwebenden Empfindung. Klopstock läßt Dich herzlich und aber herzlich grüßen. Morgen erst geht der Brief, aber es ist mir nun so schreiberlich. Vom Leben und Weben hier schreibe ich nicht, erzähle viel lieber bald Alles. Magnus und bon et cher habe ich schon gesehen. Vielleicht noch morgen ein paar Zeilen. Ich küsse Dich millionenmal.

F. L. St.

Am 12. Januar 1776 verließen die Grafen den Kreis ihrer Freunde zu Hamburg, Altona und Wandsbeck; und gingen über Flensburg nach Kopenhagen.

Göthe's Reise nach der Schweiz in Gesellschaft der beiden Brüder, dann ihr Aufenthalt in Weimar, ließ in ihm den Wunsch aufsteigen, wenigstens einen von ihnen, Friedrich Leopold, an Weimar zu fesseln, ihn für den dortigen Hof= und Staatsdienst zu gewinnen. Schon vor seiner Abreise hatte er mit dem Herzog darüber berathen.

Im Winter ward mit Friedrich Leopold verhandelt. Er nahm den Antrag des Herzogs an, als Kammerherr nach Weimar zu kommen, unter der vom Herzog gewährten Bedingung, den Sommer noch bei seinen Geschwistern zu verweilen.

Aber Klopstock trat dazwischen. Auf einen Brief desselben antwortete Göthe in bittern Ausdrücken; wies den zurück, der es hindern wollte, daß Stolberg, nach dem er verlangte, nach

Weimar komme, in des Herzogs Dienste trete. Hier folgt ihr Briefwechsel.

Klopstock an Göthe.

Hier einen Beweis meiner Freundschaft, liebster Göthe; er wird mir zwar ein wenig schwer, aber er muß gegeben werden. Lassen Sie mich nicht damit anfangen, daß ich es glaubwürdig weiß; denn ohne Glaubwürdigkeit würde ich ja schweigen. Denken Sie auch nicht, daß ich Ihnen, wenn es auf ihr Thun und Lassen ankommt, drein reden wolle. Auch das denken Sie nicht, daß ich Sie deswegen, weil Sie vielleicht in diesem oder jenem andre Grundsätze haben als ich, streng verurtheile. Aber Grundsätze, Ihre und meine, bei Seite, was wird der unfehlbare Erfolg sein, wenn es so fortwährt?

Der Herzog wird, wenn er sich ferner bis zum Krankwerden betrinkt, anstatt, wie er sagt, seinen Körper dadurch zu stärken, erliegen und nicht lange leben. Es haben sich wohl starkgeborne Jünglinge (und das ist denn doch der Herzog gewiß nicht) auf diese Art früh hingeopfert. Die Deutschen haben sich bisher mit Recht über ihre Fürsten beschwert, daß diese mit ihren Gelehrten nichts zu schaffen haben wollen. Sie nehmen jetzo mit Vergnügen den Herzog von Weimar aus. Aber was werden andre Fürsten, wann Sie in der Tour fortfahren, nicht zu ihrer Rechtfertigung anzuführen haben, wenn es nun wird geschehen sein, was ich fürchte, das geschehen werde! Die Herzogin wird vielleicht ihren Schmerz jetzo noch niederhalten können, denn sie denkt sehr männlich; aber dieser Schmerz wird Gram werden; und läßt sich dann dieser auch etwan niederhalten, Luisens Gram, Göthe? Nein, rühmen Sie sich nur nicht, daß Sie sie mehr lieben wie ich!

Ich muß noch ein Wort von meinem Stolberg sagen. Er kommt aus Freundschaft zum Herzog. Er soll also doch wohl mit ihm leben? Wie aber das auf seine Weise? Nein! Er gehet, wenn es sich nicht ändert, wieder weg. Und was ist dann sein Schicksal? Nicht in Kopenhagen, nicht in Weimar. Ich muß Stolbergen schreiben. Was soll ich ihm schreiben? — Es kommt auf Sie an, ob Sie dem Herzog diesen Brief zeigen wollen oder nicht. Ich für mich habe nichts dagegen. Denn da ist es gewiß noch nicht, wo man die Wahrheit, die ein treuer Freund sagt, nicht mehr hören mag.

Hamburg, den 8. May 1776.   Klopstock.

Göthe an Klopstock.

Verschonen Sie uns künftig mit solchen Briefen, liebster Klopstock. Sie helfen uns nichts, und machen uns immer ein paar böse Stunden. Sie fühlen selbst, daß ich darauf nichts zu antworten habe. Entweder ich müßt' als ein Schulknabe ein pater peccavi anstimmen, oder sophistisch entschuldigen, oder als ehrlicher Kerl vertheidigen; und käme vielleicht in der Wahrheit ein Gemisch von allen dreien heraus. Und wozu? Also kein Wort mehr zwischen uns über die Sache. Glauben Sie mir, daß mir kein Augenblick meiner Existenz überbliebe, wenn ich auf alle solche Briefe, auf alle solche Ermahnungen antworten sollte. Dem Herzog that's einen Augenblick weh, daß es von Klopstock war. Er liebt und ehret Sie; und von mir wissen und fühlen Sie eben das. Leben Sie wohl. Stolberg soll nun kommen. Wir sind nicht schlimmer, und will's Gott besser als er uns selbst gesehn hat.

Weimar, den 21. May 1776.   Göthe.

Klopstock an Göthe.

Sie haben den Beweis meiner Freundschaft so sehr ver-kannt als er groß war, groß besonders deswegen, weil ich unaufgefordert mich höchst ungern in das mische was Andere thun. Und da Sie sogar unter alle solche Briefe und alle solche Ermahnungen (denn so stark drücken Sie sich darüber aus) den Brief werfen, welcher diesen Beweis enthält, so erkläre ich Ihnen hiedurch, daß Sie nicht werth sind, daß ich ihn gegeben habe. Stolberg soll nicht kommen, wenn er mich hört, oder vielmehr wenn er sich selbsten hört.

Hamburg, den 29. May 1776.*)   Klopstock.

In der That, Stolberg folgte Klopstock, ging nicht nach Weimar. Aber, auch nachdem ihm der vorstehende Briefwechsel bekannt geworden, schwankte er doch Anfangs noch, wenn er auch sogleich auf Klopstock's Seite sich stellte. Beide Brüder schrieben ihm darüber.**)

In einem Briefe Friedrich Leopold's vom 8. Juni 1776 heißt es: „Ich habe mit Verwunderung und Aerger Ihre Correspondenz mit Göthe gelesen. Bester Klopstock, ich kenne zwar ganz Göthens unbiegsames Wesen, aber daß er einen solchen Brief, von Ihnen, so beantworten könnte, davon hatt' ich keine Idee. Es thut mir in der Seele weh für ihn; er verdient's, Ihre Freundschaft zu verlieren, und doch weiß ich, wie er im Herzen Sie ehrt und liebt; das sag' ich nicht, ihn zu entschuldigen, ich kann und mag hierin ihn nicht entschuldigen und bin indignirt über seinen Brief. Starrkopf ist er im allerhöchsten Grade, und seine Unbiegsamkeit, welche er, wenn es möglich wäre, gern gegen Gott behauptete, machte mich schon oft für ihn zittern. Gott, welch ein Gemisch, ein Titanenkopf gegen

---

*) Im Leipziger Abdruck dieses Briefwechsels steht 29. August statt 29. May; auch sonst ist er von dem hier vorliegenden abweichend. Klopstock sandte die Briefe nach Karlsruhe. Sie kamen abschriftlich auch an andere Höfe, machten großes Aufsehen. Wir folgen der Abschrift im Oldenburger Archiv.

**) Erst vor Kurzem sind ihre Briefe durch Director Redlich veröffentlicht worden, in der Zeitschrift „Im neuen Reich" 1874 Bd. 2 S. 337.

seinen Gott, und nun schwindelnd von der Gunst eines Her=
zogs! — Und doch kann er so weich sein, ist so liebend, läßt
sich in guten Stunden leiten am seidnen Faden, ist seinen
Freunden so herzlich zugethan. — Gott erbarme sich über ihn
und mach' ihn gut, damit er trefflich werde; aber wenn Gott
nicht Wunder an ihm thut, so wird er der Unseligsten einer.
Wie oft sah ich ihn schmelzend und wüthend in einer Viertel=
stunde. Die Sache, über welche Sie ihm schrieben, geht mir
denn auch sehr nahe. Der junge Herzog hat viel Anlagen zum
Guten und Bösen. Sein Gutes kennen Sie, aber er hat natür=
liche Wildheit, und was unendlich schlimmer ist, Härte. Sich
durch Branntwein abzuhärten, wäre für ihn überflüssig, und
ist äußerst lächerlich. Die andern Geschichten, welche mir Gustchen
erzählt hat, sind lächerlich und schlecht. Und doch, mein Aller=
liebster, kann ich mich nicht entschließen, mein Engagement mit
dem Herzog geradezu zu rompiren; ich werde hin müssen, sobald
er mich haben will, das hab' ich versprochen. Ich hoffe mich
früh so zu zeigen, daß er mich genug kennen lernt, um mir
nichts anzumuthen, das meiner, das Ihres Freundes, mein
Allerliebster, unwürdig wäre; thut er's, so verlaß' ich ihn gleich."

Weniger glimpflich drückt sein Bruder Christian über Göthe
sich aus, und noch weit stärker über den Herzog. Acht Tage
später schrieb er an Klopstock. „Die Nachrichten von Weimar,"
sagt er unter Anderm, „gehen mir sehr durch den Kopf; ich
wünschte so sehr, daß mein Bruder nicht dahin käme, und daß
er sich auf eine gute Weise von seiner Verbindung losmachen
könnte. Göthens Betragen gegen Sie, mein Liebster, schmerzt
mich sehr; ich möchte ihn gerne entschuldigen, aber ich finde
nichts. Es wird ihn gewiß einst gereuen, so gehandelt zu haben;
das ist alles was ich für ihn sagen kann 2c. Er und der Her=
zog sind beide unbändig, und beiden ist der Umgang miteinander
höchst gefährlich. Göthe weiß es sehr wohl, daß er den Umgang
mit sanften weiblichen Seelen bedarf; wie hat er sich mit dem

Herzog, dem wilden rohen Jungen, so verbinden können? Das
wird beiden sehr schädlich sein; und ich fürchte sehr, daß es noch
immer schlimmer gehen werde. Lowischens Zustand rührt mich
unbeschreiblich; sie sind freilich gar nicht für einander gemacht,
und haben sich nie geliebt."

Daß Friedrich Leopold nicht nach Weimar kommen werde,
darüber war Göthe nicht mehr in Zweifel, als er, im August,
an dessen Schwester schrieb: „Von Fritz hab' ich noch keinen
Brief. Der Herzog glaubt noch, er komme, und fragt nach ihm
und ich kann nichts sagen. Lieb Gustchen, mir ist lieber für
Fritzen, daß er in ein würkendes Leben kommt, als daß er sich
hier in Kammerherrlichkeit abgetrieben hätte."

Was Göthe auch da sagen mag, es kränkte ihn tief, als
Stolberg nicht kam. Aber schon hatte sich für diesen ein andrer,
ein besserer Wirkungskreis eröffnet. Friedrich August, Herzog
von Oldenburg und Fürstbischof von Lübeck-Eutin, berief ihn
in seine Dienste.

Es ist bekannt, daß Rußland, nachdem Großfürst Paul,
Sohn der Kaiserin Katharina, im Jahr 1773 großjährig
geworden, die Besitzungen des Hauses Holstein-Gottorp in den
Herzogthümern Schleswig und Holstein an den König von
Dänemark abtrat, dafür die Grafschaften Oldenburg und Delmen-
horst erhielt, und letztere (vier Jahre später vom Kaiser zum
Herzogthum erhoben) einem Prinzen der jüngern Linie des
Holstein-Gottorpischen Hauses, dem Herzog Friedrich August,
Fürstbischof von Lübeck, überließ.

Nach der Vergrößerung des Gebiets des Fürstbischofs
mußten neue Stellen geschaffen werden, namentlich ein Gesandtschaftsposten am königlich dänischen Hofe. Sowohl der territo-
rialen Berührungen wegen als auch aus verwandtschaftlichen
Rücksichten ward Letzteres für nothwendig erachtet. Vorläufig
war der Konferenzrath von Woldenberg nach Kopenhagen ge-

schickt worden. Der Gesandtschaftsposten sollte nun definitiv besetzt werden.

Stolberg hatte man dafür im Auge. Des Fürstbischofs Minister, Franz Levin Freiherr von Holmer, — der zu Oldenburg seinen Sitz hatte, während der Herzog=Fürstbischof in Eutin residirte — legte namentlich darauf Gewicht, daß dessen Schwager, Andreas Peter Graf von Bernstorff, Minister in Kopenhagen war. Stolberg und Holmer waren damals persönlich nicht mit einander bekannt. Aber bald genug wurden die beiden edlen und hochbegabten Männer innige Freunde.*)

Am 17. August 1776 unterzeichnete der Herzog das Dekret, wodurch er, wie er sich ausdrückt, „den vorhin in königlich dänischen Diensten gestandenen, derselben aber nunmehro huldreich entlassenen, und durch verschiedene rühmliche Eigenschaften des Verstandes und Herzens uns bekannt gewordenen Grafen Friedrich Leopold von Stolberg" zum Oberschenk ernannte; — jedoch ohne daß er als solcher in Funktion zu treten hatte, „da," wie es in dem Dekret weiter heißt, „wir gedachten Herrn Grafen zu einer anderweitigen wichtigen Bestimmung ausersehen haben."

Schon am 26. August ward Stolberg „statt des zurückberufenen Konferenzraths von Woldenberg" zum Gesandten und bevollmächtigten Minister am königlich dänischen Hofe ernannt.

Das was wir hier folgen lassen, schrieb die Gräfin Bernstorff zur Zeit wo ihr Bruder Christian in ihrer Nähe, theils in Kopenhagen theils in Bernstorff, verweilte. Auf demselben Blatt schrieb dieser die unten mitgetheilten Zeilen an Friedrich Leopold. Ein Jahr später war er mit der darin erwähnten Dame vermählt, der verwittweten Oberjägermeisterin Luise von Gramm,

---

*) Und sie blieben es, so lange sie lebten. Stolberg schreibt in seiner Entgegnung auf die bekannte Schmähschrift: „Meinem vieljährigen, mir bis in seinen Tod treu gebliebenen Freunde, dem Grafen von Holmer, konnte ich in Oldenburg ꝛc." Holmer starb am 10. Mai 1806.

gebornen Gräfin Reventlow, aus Brahe-Trolleburg auf der Insel
Fünen, von der dänischen Linie der Reventlow, nicht wie häufig
angegeben wird, Schwester der zur deutschen Linie gehörigen,
von Göttingen her mit Christian und Friedrich Leopold be-
freundeten Grafen Friedrich und Cai von Reventlow. Geboren
am 21. August 1746, war sie also zwei Jahre jünger als
Graf Christian. Sie starb am 29. November 1824.

Henriette Bernstorff an Friedrich Leopold.

Bernstorff, den 31. August 1776.

Ich danke Dir auf's zärtlichste für Deinen lieben Brief, mein
liebster Fritz. Noch aus Eutin! Das ist entsetzlich; Deine Reise
nach Hamburg verzögert sich ja immer länger. Wenn das nur
keinen Einfluß auf Deine Wiederkunft hat; ach ich fürchte, ich
sehe Dich noch lange nicht! Nun bist Du doch wohl unter
Deinen Freunden in Hamburg; das gönne ich Dir und ihnen;
ich denke, es wird Dir recht wohl thun. Nach Nachricht durch
Dich von Ahrensburg verlangt mich auch sehr; bitte auch ja
recht die Mama, mit Fr. herzukommen, in unser Aller Namen.
Emily hat uns schon recht fleißig geschrieben; aber sie klagt
gewaltig über Dich, Du hättest ihr nicht einmal geantwortet;
wer hätte das gedacht? Aber so geht's; aus den Augen, aus
dem Sinn!

Aber was sagst Du denn dazu, daß wir in ein paar
Tagen die Gramm hier haben? Ist das nicht herrlich? Ich
freue mich von ganzem Herzen darüber; bliebe sie nur länger,
und wäre doch schon die Sache entschieden, die uns so am
Herzen liegt! Viel haben wir doch schon gewonnen; was wird
schon jetzt das Wiedersehn sein! Gottlob, daß meines Bruders
Fieber vorbei ist. — Gustchen hat uns auch Angst gemacht
durch ein sehr starkes Fieber, das aber Gottlob auch aus-

geblieben iſt; und uns gute Hoffnung gibt; denn Berger ſagt, es käme vom Bade und würde vielleicht eine gute Revolution machen.

Schack hat meinem Mann über Deine Sache geſchrieben, und ſehr gut; je lui en sais gré. Wenn ſo einer einmal etwas Gutes thut, ſo wird's doppelt bemerkt; iſt das billig? — Ich mag Deinen Oberſchenk-Titel auch recht gern; es war der beſte, den Du kriegen konnteſt. Aber ein Oberſchenk könnte auch wohl, dächte ich, Wein-Kalteſchale eſſen. — Heute kriegſt Du nichts mehr, es wird ſchon dunkel. Adieu. Ich drücke Dich feſt an mein Herz; ach wie wird mir deine Abweſenheit ſo ſchwer!

B.

Chriſtian an Friedrich Leopold.

Ich weiß, Du theilſt meine Freude. Ich ſehe ſie! Nur wenige Tage auf der Durchreiſe nach Laland, aber ich ſehe ſie ſie ſie! Aber deswegen iſt noch nichts entſchieden, gar nichts; und wird vielleicht noch ſo bald nichts entſchieden werden. Aber ich bin getroſt.

Um Gotteswillen rede mit niemand davon. Daß ſie mich liebt, darf keine Seele wiſſen. O Du glaubſt nicht, wie empfindlich ſie darin iſt.

Sage mir ja, ob man in Hamburg in unſerm Zirkel nicht davon ſpricht; erſtice alles. Wenn ſie das erführe, ſie würde untröſtlich.

Lebe wohl für heute.

C. St.

Stolberg begab ſich nach Oldenburg, wo er den Miniſter von Holmer kennen lernte, und zunächſt mündlich von ihm Inſtruktionen entgegen nahm. Am 12. October verließ er Oldenburg, und reiſte über Bremen und Hamburg nach Eutin, wo, wie wir wiſſen, der Herzog-Fürſtbiſchof reſidirte. Schon in

Bremen, während die Pferde gewechselt wurden, schrieb er an Holmer. „Ew. Excellenz," sagt er, „hatten sich schon so gütig gegen mich bezeigt, ehe ich die Ehre hatte, Ihnen persönlich bekannt zu sein; seitdem haben Sie mich mit Güte überhäuft. Aber was ist selbst all diese Güte in Vergleich zu dem Zutrauen, und, ich wage hinzuzusetzen, zu der Freundschaft, der Sie mich gewürdigt haben! Ich bedarf nicht, es auszusprechen, wie ich Ihnen dafür treu ergeben und dankbar bin rc." Am Schluß fügt er hinzu: „Dürfte ich es wagen, Ew. Excellenz zu bitten, tausend Grüße meinem Freund Sturz sagen zu lassen."

Acht Tage blieb er in Hamburg, wo er finanzielle Geschäfte zu erledigen, Einkäufe zu machen hatte, vor Allem Klopstock noch einmal sehen wollte vor seinem Eintritt in die neue Laufbahn. Von da schrieb er wieder an den Minister, am 22. October; erbat sich die Erlaubniß, auf der Reise nach Kopenhagen einige Tage auf der Insel Fünen zu verweilen, wo er seinen Bruder Christian auf dem Gut des Grafen Ludwig Reventlow antreffen werde.

Am 23. reiste er von Hamburg ab; und kam am selben Tage, gegen Mitternacht, in Eutin an. Tags darauf hatte er Audienz beim Herzog und bei der Herzogin. Aus seinem Bericht an Holmer, vom 26., sehen wir, daß beide ihm von ihrem Sohne sprachen, dem Prinzen Peter Friedrich Wilhelm, der einer Schwermuth verfallen war, die ihn, in manchen Stunden wenigstens, als gänzlich gestörten Geistes erscheinen ließ.

„Der Herzog," schreibt er, „sprach mir ganz offen über den Prinzen. Wenn das Leid eines liebenden Vaterherzens mich tief ergreifen mußte, so hatte ich auf der andern Seite Gelegenheit, mich lebhaft über die Gesinnungen des trefflichen Fürsten zu freuen, der davor zurückschrickt, das Glück eines Landes dem Vortheil seiner Familie zu opfern. Er sprach viel von der Trauer seiner Frau Gemahlin und der Verlegenheit, in der er sich ihr gegenüber befände. Er sagte noch, daß er auf ein billiges und rücksichtvolles Verfahren gegen den Prinzen rechne, und besonders auf den dänischen Hof seine Hoffnung setze."

„Die Herzogin sprach mit mir noch am selben Tage über den nämlichen Gegenstand, aber in einem andern Ton. Die ganze Beredsamkeit ihres Geschlechts wandte sie an, mich in ihr Interesse zu ziehen. Mit Bezeugungen tiefer Verehrung erwiederte ich auf die huldvollen Worte, die sie an mich richtete; ich konnte nur unbestimmte Antworten geben auf das lebhafte und dringende Zureden, das die Wärme des Moments ihr eingab. Ew. Excellenz kennt ihre Art, Alles zu ihrem Vortheil auszulegen, was man ihr sagt; und es war mir leid, zu bemerken, daß sie meinen Aeußerungen einen Werth beilegte, den sie nicht hatten."

„Die Abwesenheit des Grafen Ahlefeldt, der erst gestern Abend von Lübeck zurückkam, hat mich hier zurückgehalten; und der Herzog sowohl als die Herzogin wollten, daß ich dem Prinzen zu Stendorp aufwarte. Gestern nach der Tafel war ich da; ich fand ihn träumerischer als das erste Mal. Er sprach einen Augenblick mit mir allein; empfahl mir seine Interessen; beauftragte mich, für ihn zu sprechen bei der Königin, beim Prinzen Friedrich und bei Bernstorff. Ich sagte ihm, was ich auch seiner Mutter gesagt hatte, daß ich überzeugt sei von dem Gerechtigkeitssinn und dem guten Willen des dänischen Hofes. Die Herzogin verlangte von mir keinen Bericht über meinen Besuch bei ihm; aber in dem Augenblick, wo ich ich ihr vorgestellt ward, um Abschied zu nehmen, sagte sie mir in Gegenwart des ganzen Hofes: „Denken Sie an das, worüber wir gesprochen haben; ich empfehle Ihnen nochmals die Interessen meines Sohnes an." Darf ich Ew. Excellenz bitten, mir mit einigen Worten Anleitung zu geben, wie ich mich in meinem ersten Bericht auszudrücken habe, den ich über meine Audienz in Kopenhagen erstatten werde. Da ich mich einige Tage in Fünen aufhalte, so ist dazu noch Zeit."

Am 1. November antwortete Holmer von Eutin aus
auf Stolberg's Briefe vom 22. und 26. October. „Nicht unerwartet," schreibt er, „ist es mir, daß JJ. DD. der Herzog
und die Herzogin in so verschiedener Weise sich geäußert haben;
ich weiß es aus Erfahrung besser als jemand, in welche Verlegenheit man dadurch kommen kann. Ich rathe Ihnen, mein
würdiger Freund, in ihrem ersten Bericht sich darauf zu be-
schränken, im Allgemeinen von den Aeußerungen der Freundschaft
des Königs und der ganzen königlichen Familie für unsern
durchl. Herrn und ihrer liebevollen Theilnahme zu reden. Sie
können, wenn Sie es für geeignet halten, noch hinzufügen, daß
die Absendung eines Bevollmächtigten des Königs, zugleich mit
derjenigen von R., nichts Anderes bezweckt habe, als den wahren
Zustand des Erbprinzen zu konstatiren, und daß, sobald die
weitere Antwort von R. eingehen werde, der König in vertraulicher Weise dem Herzog das Resultat der Beobachtungen
der Bevollmächtigten mittheilen und ihm über die in dieser
betrübten Lage zu ergreifenden Maßregeln seinen Rath ertheilen
werde. Wenn Sie sich in dieser Weise ausdrücken, werden Sie
sich in keiner Weise etwas vergeben, da es der wirklichen Sachlage
entsprechend ist 2c. Ich sende Ihnen hiebei das Original Ihrer
Instruktion, mein lieber Graf. Ich hätte ein ministerielles
Schreiben beifügen müssen; aber will diese Formalität lieber bei
Seite lassen, als sie länger zurückhalten 2c."

Am 4. November kam Stolberg in Kopenhagen an; hatte
am 8. Audienz beim König und der königlichen Familie.

Am 5. meldete er dem Minister seine Ankunft, dankte für
die ihm übersandte Instruktion. „Gleich beim ersten Schritt
in meine Laufbahn habe ich dadurch einen Führer; ich habe
Muth bei meinem Eintritt in dieselbe, so neu sie mir auch ist.
Graf Bernstorff, der mich mit der Versicherung seiner lebhaften
Hochachtung für Ew. Excellenz beauftragt, wird morgen meine
Ankunft bei Hofe melden. Er glaubt, daß ich am Freitag die

Ehre haben werde, meine Creditive zu überreichen. Herrn von
Sacken habe ich einen Besuch gemacht; ich habe ein Wort fallen
lassen in Betreff des Diploms des Kaisers. Er ist mit uns
darüber erstaunt, daß man es so lange zurückhält, und wird
eine günstige Gelegenheit benutzen, um den Grafen Panin daran
zu erinnern." (Das hier erwähnte Diplom betraf die Erhebung
Oldenburgs zum Herzogthum.)

Ueber seine Audienzen schreibt er am 9: „Ehe ich an den
König das Wort richten konnte, kam Se. Majestät mir zuvor,
und fragte mich um Nachrichten über JJ. DD. den Herzog
und die Herzogin; indem er zugleich versicherte, daß er lebhaften
und aufrichtigen Antheil nähme an den Interessen des herzog=
lichen Hauses. Als der König mich entließ, hatte er die Gnade,
mir zu versichern, daß meine Sendung ihm angenehm sei. Die
Königin und Prinz Friedrich beauftragten mich mit den zärtlichsten
Freundschaftsversicherungen für Se. Durchlaucht; sie versicherten,
daß die Interessen des herzoglichen Hauses ihnen so am Herzen
lägen wie die ihrigen, und daß alle Schritte des königlichen
Hofes nur das Glück und die Ruhe Sr. Durchlaucht und ihrer
erlauchten Familie bezweckten."

Die erste Geschäftssache, über welche er zu verhandeln
hatte, betraf die Post=Verbindung zwischen dem Fürstenthum
Eutin und dem Herzogthum Holstein. Am 11. Februar 1777
schrieb er an Holmer: „Ich erinnere mich sehr wohl, daß Euer
Excellenz vor meiner Abreise von Oldenburg mir die Idee mit=
theilte, eine bischöfliche Post bis zur nächsten königlichen Station
zu erhalten, wenigstens für die Zeit wo das Bisthum einem
Prinzen von diesem Zweig des Hauses Holstein verbliebe; und
habe darüber mit dem Grafen Bernstorff gesprochen, ihm dabei
bemerkt, daß der Herzog es viel mehr wünschte, diese Präro=
gative an den bischöflichen Sitz zu knüpfen als nur an seine
eigene Familie allein. Aber Bernstorff ist der Meinung, daß
es verletzend sei, eine Linie desselben Hauses von einer Präro=

gative auszuschließen, die man der andern zugestanden; bemerkte aber zugleich anderseits, für den Fall daß ein schwedischer Prinz jemals das Bisthum erhielte, würde es dem Hofe von Kopenhagen unangenehm sein, in seinen Staaten eine bischöfliche Post zu haben."

Mit der Erledigung dieser Sache zog es sich in die Länge. Erst das Jahr darauf, 29. August 1778, konnte er melden: „Ich habe dem Grafen Bernstorff die Convention über die Post übergeben, unterzeichnet von Sr. Durchlaucht dem Herzog; er hat mir versprochen, mir bald das vom König unterzeichnete Exemplar einzuhändigen."

Schneller ward eine andre Angelegenheit erledigt. Ueber das Etablissement für den unglücklichen Erbprinzen ward verhandelt. Schon am 11. Januar 1777 schrieb Stolberg, binnen Kurzem werde der König in der Lage sein, eine Vereinbarung zur Zufriedenheit des Herzogs zu treffen. Einen Monat später, 11. Februar, heißt es in einer seiner Depeschen: „Dem Befehl Euer Excellenz gemäß habe ich dem Grafen Bernstorff den lebhaften Dank des Herzogs gegen den König ausgesprochen in Beziehung auf die Zustimmung desselben zum Etablissement in Plön." Leider hatte er schon am 22. Februar zu berichten: „Ich glaubte den Grafen Bernstorff vorbereiten zu müssen auf die Verlängerung des Aufenthalts des Erbprinzen zu Stendorp; der Grund erschien ihm eben so natürlich als traurig."

Schwierigkeiten ergaben sich bei den Verhandlungen, welche die Uebertragung der Stimme von Holstein-Gottorp auf das Herzogthum Oldenburg betrafen. Am 15. April schrieb Stolberg: „Graf Bernstorff sagte mir, daß Herr von Bachhof die nöthigen Instruktionen habe, vorzugehen, sobald das Commissionsdekret des Kaisers an den Reichstag gelangt sein werde. Er glaubte, man könne darauf rechnen, in dieser Angelegenheit zum Ziel zu gelangen, ohne zu Privatverhandlungen mit den mächtigen protestantischen Höfen Deutschlands seine Zuflucht zu nehmen."

Das oben erwähnte Diplom des Kaisers über die Erhebung Oldenburgs zum Herzogthum war unterdessen von Wien angelangt. Vom Schloß zu Oldenburg ward es am 18. Juli durch den Minister feierlich veröffentlicht, in Gegenwart einer unübersehbaren Menschenmenge. Zwei Tage später schrieb Holmer an Stolberg: „Ich übersende Ihnen hiermit zwei Exemplare des bei dieser Gelegenheit erlassenen Patents unsres durchlauchtigsten Herrn; und lege einige Stücke einer Denkmünze bei, die Se. Durchlaucht hat schlagen lassen, und die jetzt in Kurs kommt, oder vielmehr als eine Reliquie aufbewahrt wird zum Andenken an den geliebten Fürsten. Der Prägstempel ist von Bauert in Kopenhagen. Sie werden finden, daß das Brustbild vollkommen ähnlich ist."

Der Kaiser hatte bei diesem Anlaß Holmer in den Grafenstand erhoben. Dieser meldete es in einem Briefe vom 1. Juli. Stolberg schrieb am 5.: „Graf Bernstorff hat mich beauftragt, seinen lebhaften und aufrichtigen Antheil an der vom Oberhaupt des Reichs Euer Excellenz verliehenen Auszeichnung und öffentlichen Achtungsbezeigung auszusprechen. Ich finde es natürlich, daß ein Mann von Verdienst daran Interesse nimmt, dem Verdienst eines Andern eine Huldigung dargebracht zu sehen."

In diese Zeit fällt die Ernennung seines Bruders Christian zum königlichen Amtmann in Tremsbüttel, das in der Mitte zwischen Hamburg und Lübeck gelegen ist. In einem Briefe vom 26. Juli, der Antwort auf Holmer's Brief vom 20., heißt es: „Mein Bruder, der eine vorläufige kleine Reise nach Tremsbüttel gemacht hat, schreibt mir, daß er die Ehre gehabt, JJ. DD. dem Herzog und der Herzogin in Jersbeck aufzuwarten. Unendlich leid ist es ihm, Ew. Excellenz dort nicht mehr angetroffen zu haben ꝛc. Das Ministerium scheint die immer wachsenden Differenzen zwischen England und Frankreich sehr ernst zu nehmen; es scheint mir überzeugt zu sein, diesen Krieg bald ausbrechen zu sehen; es wünscht sich vielleicht im Voraus und mit Recht Glück dazu, ruhiger Zuschauer eines blutigen Schauspiels zu sein, das diese furchtbaren Mächte Europa geben."

Graf Christian vermählte sich bald darauf mit der Gräfin Luise von Reventlow. Er reiste mit ihr nach Kopenhagen, um die Geschwister zu besuchen. Darauf beziehen sich die hier folgenden Briefe von Henriette und Friedrich Leopold.

Henriette Bernstorff an Katharina und Auguste.

Bernstorff, den 20. September 1777.

In einem sehr traurigen Augenblick hat Euer Brief mir Freude gemacht, meine liebsten Schwestern. Wie ich mit meinem Mann zu Hause kam und nun meinen Bruder und seine Frau auch nicht mehr fand, kriegte ich ihn. Gottlob, daß Ihr glücklich so weit gekommen seid! Die Nachtreise, da es so strömte und so kalt war, hat mich sehr für Euch beunruhiget. Tausend, tausend Dank für Eure lieben Briefe; das ist doch der einzige Trost, wenn man sich nicht mehr sieht. Wie unendlich geschwind ist der glückliche Sommer entflohn! Ich glaubte Euch noch den Mittwoch früh zu sehen; aber doch lag die Ungewißheit, und der Gedanke, daß es der letzte Abend war, hart auf mir. Wie traurig ist's doch, daß man sich immer wieder trennen muß. Mein Bruder und seine Frau haben uns eher verlassen, als ich es dachte; sie fuhren nach Seelust, da ich meinem Mann entgegenfuhr, und ich glaubte gewiß, sie wiederzusehen; es fiel mir gar nicht ein, daß sie es so machen würden, aber sie haben wohl gethan. Ich fühlte schon die ganze Last des letzten Abends, und die Trennung, die ich dann erwartete. Mein Mann sagte mir es im Wagen, wir würden sie nicht finden. Ach, wie fehlt Ihr mir Alle, in jedem Augenblick. Man gewöhnt sich daran nicht.

Eben kommt Fritz wieder aus der Stadt. Adieu, meine Lieben, ich sage Euch heute nichts mehr, es würden lauter Klagen sein. Nun, hoffe ich, seid Ihr in Loitmark. Sagt viel, viel Freundschaftliches an Dewiz und seine Frau. Mein Mann ist sehr dankbar für Alles, was ihr ihm sagt. Er hat etwas Gicht im Knie; ist das nicht abscheulich? Ich umarme Euch auf's zärtlichste.

B.

Auf demselben Blatt schrieb Friedrich Leopold Folgendes: „Ich freue mich herzlich über Eure glückliche Ueberfahrt des großen Belts; und hoffe, daß Ihr nun im lieben gebenedeiten Loitmark seid. Bestes Kätchen, bestes Gustelchen, ich theile Euren gegenwärtigen Genuß; aber es ist mir sehr trüb in der Seele über das Getrenntsein. Dieser Sommer war so süß, und nun, wie zerstreut! Diesen Vormittag hab' ich in der Stadt von unserm Bruder und Luise mich getrennt; diese seh' ich zwar wieder in Löwenburg, aber dann! Mich däucht, wir gehören Alle so sehr zu einander, sind so ein Ganzes, daß man uns nicht trennen kann, ohne uns zu zerreißen. Und das Zerreißen macht das Herz bluten. Es ist mir diese Klage entfahren; Ihr wißt, ich klage ungern; schweigende Geduld ist das erste, was der Mensch, vom Weibe geboren, lernen sollte.

Ich hatte mir vorgenommen, jeder apart zu schreiben, und da geschah es doch nicht, eh ich's gewahr ward. Ich hoffe, daß Ihr Klopstock noch in Loitmark habt ꝛc. Die zärtlichsten Grüße an Vater und Mutter Dewiz, und Liebes und Gutes an Wamstedt. Ihr Lieben, lebt wohl, ich umarme Euch herzlich ꝛc."

F. L. Stolberg.

Friedrich Leopold an Katharina.

Bernstorff, den 7. October 77.

Bestes Kätchen, ich umarme dich mit der innigsten Zärtlichkeit für deine lieben Briefe. Wie lieb war mir jeder! Ach,
freilich hab' ich bisher wenig geschrieben; habe Geduld mit mir,
nimm mich, wie ich bin, mit all meiner unendlichen Liebe und
Faulheit. Aber es ist nicht nur Faulheit; ich hab's oft
gesagt, ich kann nicht schreiben, wenn mir nicht danach zu
Muthe ist. Briefe an Geliebte sind bei mir immer freie Aus-
flüsse eines freien Drangs vom Augenblick. Du weißt, wie
oft ich auch mündlich taciturn bin, und oft am meisten, wenn
mir das Herz randvoll ist. Und wie voll ist's mir immer
süßer Erinnerungen des friedsamen, herzlich genossenen Sommers!
Ich hoffe alles Gute von der Zukunft; aber manchesmal denke
ich, es mag die künftigen Jahre gehen, wie es will, die herzliche
Ernte dieses Sommers haben wir gehabt, und verwahrt im
Gedächtniß. Garbe bei Garbe liegen sie da, die süßen
Erinnerungen, und auch sie werden Aussaat sein!

Gestern Abend war ich in Seelust, allein mit Ernst und
Emily. Wir sprachen viel von Dir. Die Lieben, was sie
uns sind und wir ihnen! Sie und Linchen wollen mit künftiger
Post an Dich schreiben ɔc. Wie freu' ich mich Deines Lebens
in Loitmark! So allein mit unsern beiden Lieben. O ich
beneid' dich nicht, weil Du es bist; sonst würde mich der Neid
zernagen von Kopf zu Fuß. Sag an ihn und an sie unendlich
viel Liebes. Der liebe Gott muß englische Geduld haben, daß
er so liebe Leute auf der Erde läßt; wärst Du an seiner Stelle,
Du hättest beide zu Dir genommen.

Kätchen, Kätchen, offen legst Du den Brief von der
Winthem ein! Einen andern, den ich nicht zeigen konnte, gab
mir beim Thee in Bernstorff Emily! Den von der Winthem

hat Puletchen*) in der Hand gehabt; in meiner Abwesenheit
hatte Sie den Brief von Dir aufgemacht, den von der W.
aber nicht gelesen. Sei weise! Ich küsse dich millionenmal.

F. L. St.

Am 24. Januar 1778 schrieb er an Holmer: „Das
Ministerium glaubt, daß es in Deutschland zum Krieg kommen
werde; und daß er, wenn er allgemein wird, den Arm Frankreichs, der im Begriff ist, auf die Engländer niederzufallen,
zurückhalten wird 2c. Voll Vertrauen auf die Güte Euer
Excellenz, weiß ich, daß Sie mir verzeihen, wenn ich eine Angelegenheit erwähne, die einen meiner Freunde betrifft. Claudius,
den Ew. Exc. ohne Zweifel aus seinen Schriften kennen,
schreibt mir, daß sein Bruder angelegentlich die Anwartschaft
auf eine Stelle als Oberinspector in Eutin nachsucht. Er gibt
ihm ein sehr gutes Zeugniß, das vollkommen übereinstimmt
mit Allem, was mehrere Andre mir von ihm gesagt haben."

Und am 3. Februar: „Ew. Exc. wird eben so wie ich
überrascht gewesen sein über die Ansprüche des Hauses Oesterreich, welches, nicht zufrieden, beträchtliche Theile von Baiern
zu reklamiren, sogar auf einen Theil der Oberpfalz Ansprüche
macht, die der westphälische Friede für immer Kurpfalz garantirt
hat. Das hiesige Ministerium glaubt, daß der König von
Preußen mit Freude einen Vorwand ergreifen wird, sich in
diese Angelegenheit einzumischen. Und welcher Vorwand
könnte mehr Schein für sich haben, als der, einen Fürsten in
dem ihm durch den westphälischen Frieden garantirten Rechte
zu schützen!"

Am 14. Februar meldet er: „Die Kriegsvorbereitungen
erregen mehr und mehr die Aufmerksamkeit des dänischen
Ministeriums. Da ich dazu gelangt bin, ein interessantes

---

*) Kosename der Gräfin Henriette Bernstorff.

Schriftstück zu lesen in Bezug auf die Angelegenheiten Baierns, so habe ich um so weniger gezögert, es für Ew. Exc. abschreiben zu lassen, als man mich versichert, daß es von der Hand eines preußischen Ministers ist. Ich glaube bestimmt, daß Herr von Herzberg der Autor ist, ohne dies jedoch für sicher ausgeben zu können."

Seine Geschäfte und gesellschaftlichen Verpflichtungen, ja auch finanzielle Sorgen, durch seine Stellung als Gesandter veranlaßt, hielten ihn nicht ab, sich litterärischen Arbeiten zu widmen. Im Sommer insbesondere, den er meist auf dem Lande zubrachte, war er damit beschäftigt. Vorzugsweise arbeitete er an seiner Uebersetzung der Ilias. Schon im Frühjahr 1776 hatte er eine Probe derselben in dem damals von Boie gegründeten „Deutschen Merkur" erscheinen lassen. Ende 1776 schrieb F. H. Jacobi an Klopstock: „Die Stolbergische Uebersetzung ist mir erst vor vierzehn Tag in die Hände gekommen; ich habe lange keine solche Freude gehabt."

Am 27. Juni 1778 schrieb er an Holmer: „Den ersten Theil meiner Uebersetzung hat man voreilig angekündigt. Ich habe seine Veröffentlichung gehindert, um ihn zugleich mit dem zweiten erscheinen zu lassen, der in Kurzem gedruckt sein wird. Dann werde ich mich beehren, das ganze Werk Ew. Exc. und JJ. DD. HH. zu überreichen."

Im Oktober war das Ganze im Druck vollendet; alsbald sandte er Exemplare an Holmer. „Ich bitte Ew. Exc." schreibt er am 29. „ein Exemplar meiner Ilias dem Herzog zu überreichen, ein zweites der Herzogin, und mir die Ehre zu erweisen, das dritte für sich zu behalten."

Diese Uebertragung der Ilias durch Stolberg, die erste im Druck erschienene deutsche Uebersetzung eines griechischen Dichters im Versmaß des Originals, war ausgezeichnet durch würdigen, angemessenen, edlen, ächt poetischen Ausdruck, wie durch richtiges, vollkommen sicheres Verständniß der Sprache des Originals.

Von seiner Ankunft in Kopenhagen an bis zum Frühjahr 1779 war er nicht nach Deutschland gekommen; er lebte theils in der Residenz theils in der Nähe derselben. Im Winter 1779 erhielt er vom Herzog einen Urlaub von mehrern Monaten. Am 6. März schreibt er an Holmer: „Ich habe eine Privat-Audienz erbeten und erhalten bei der Königin und dem Prinzen Friedrich, um mir ihre Befehle zu erbitten vor meiner Abreise."

Und am 9. meldet er ihm, noch immer aus Kopenhagen: „Da wir immer konträren Wind hatten, bin ich in der unangenehmen Lage, auf dem qui vive zu sein von einem Augenblick zum andern, einer Lage, die mich lebhaft bedauern läßt, nicht vor acht Tagen zu Lande abgereist zu sein."

Noch im selben Monat finden wir ihn bei seinem Bruder in Tremsbüttel. Am 23. März schreibt er von da an Holmer: „Ich möchte gern meine ganze Dankbarkeit ausdrücken für die neuen Beweise Ihrer Güte. Ich empfinde lebhaft, welch ein Glück es für mich ist, einen innigen und hochherzigen Freund in der Person eines so verehrten Ministers zu haben 2c. Mein Bruder beauftragt mich, Ew. Exc. seine Verehrung auszudrücken."

Friedrich Leopold an Christian.

Kopenhagen, den 3. Febr. 79.

Im März also! Auf's spätest also in acht Wochen! Das ist so früh, daß es mir zuweilen als unwahr vorkommt. Aber Gottlob es ist wahr!

Freilich werden wir unendlich viel zu reden haben, von Seele zu Seele. Ich fühle mich nun oft bis zur Beängstigung voll. Daß Dir der Bau in aller Absicht so zuwider ist, und was auch Deine Frau darüber schreibt, das fühle ich mit Euch. Ueberhaupt die Idee des Einwurzelns hat so was, das ich nicht liebe. Ich möchte zwar gern an einem stillen Ort ein ganzes Leben zubringen; aber es ist unangenehm, wenn man für das kurze Leben lange Anstalten machen muß. Why doest thou build the hall, son of the winged days? Thou lookest from thy towers to-day, yet a few years, and the blast howls in thy empty court, sagt unser Ossian. Mir fällt die Stelle oft ein, wenn ich in Amalienburg die Palläste ansehe, die von Todesuneingedenken und todten Besitzern zeugen, und doch, Dank ihren Baumeistern, ihren Kindern auf den Kopf einfallen werden. Die Lebensart der Patriarchen war unserm ephemeren Leben am meisten angemessen.

Wir müssen uns freuen und Gott dafür danken, daß uns die wahren Ideen von unserm großen Sein und kurzen Leben immer so natürlich gewesen sind. Denn nichts scheint mir bejammernswerther als die Menschen, denen alle wahren Ideen über Alles was wichtig ist, so fremde, ja so unwahr sind. Und alles das kommt von der Liebe zur großen Welt, aus ihr die Frivolität, aus der die Vergessenheit des Todes, aus dieser Gottesvergessenheit, aus dieser alle Greuel.

Bald, bald werd' ich mit Dir und Luise wieder sprechen von allen solchen Dingen, quod magis ad nos attinet et nescire malum est, wie Horaz sagt. Meine Seele entfaltet sich entgegen Euren Strahlen und Eurem Thau.

F. L. St.

Von Tremsbüttel ging er nach Sierhagen, in Holstein, östlich von Eutin gelegen. Am 18. April schreibt er von da an Holmer: „Herr von Thienen hat meinen Bruder dazu vermocht, bis Dinstag früh bei ihm zu bleiben, und hat mich ebenfalls darum gebeten; wozu ich mir nun von Ew. Exc. Erlaubniß erbitte. Wenn Sie mir diese bewilligen, so werde ich die Ehre haben, Sie am Dinstag vor Mittag zu sehen, und um Ihre Befehle zu ersuchen in Betreff der vom Grafen Bernstorff mir übersandten Note. Mein Bruder, meine Schwägerin, Herr und Frau von Thienen lassen sich empfehlen."

Friedrich Leopold an Christian und Luise.

Eutin, den 26. April 1779.

Ich danke Dir und Luise herzlich für das Briefchen, das Ihr mir zusammen geschrieben habt. Ich habe in Zerstreuung gelebt in der Zeit daß ich nicht an Euch geschrieben habe; wie viel lieber hätte ich mich Eurer Gesellschaft im stillen Trems= büttel gefreut! Vorigen Donnerstag fuhr ich nach Plön und aß beim Prinzen. Ich finde ihn seit den drei Jahren un= verändert. Imhof gefällt mir ziemlich wohl, seine Frau besser. Die Herzogin schickte gleich zu mir und ließ mir ein Zimmer anbieten, wenn ich bleiben wollte. War das nicht sehr artig? Den Nachmittag ging ich zu ihr; da fand ich die alte Prinzeß und die Warnbstädt. Die Herzogin leidet an der Gicht etwas, mehr am Husten. Sie frug viel nach Euch, und trug mir auf, Luise zu schreiben, daß sie wohl schliefe und äße, auch recht vergnügt wäre. Nachher ging ich in die Komödie. Da spielten die Akteurs, welche den Winter hier gewesen, und vom Hofe so gut gefunden worden, den Deserteur. Da ich den Abend bei Holmer essen sollte, konnte ich nur das halbe Stück spielen sehen; sah aber genug, um die Bande oder Rotte de= testabel zu finden. Ich sage es ungern; aber die Kopenhagener sind beinah so sehr über diese, als unter die Ackermannsche Gesellschaft. Den Abend brachte ich mit der Bothschen Familie bei Holmer zu. Den Tag darauf fuhr ich in einer viersitzigen

Kutsche mit dem Prinzen Coadjutor, Holmer und Graf Schmettau nach Salzau. Der Weg hin ist angenehm, und der Ort ist allerliebst 2c.. Ein allerliebstes Bosquet von amerikanischen Gewächsen füllt die Lücken des Waldes, welcher nahe beim Hause nicht sehr dicht ist. Salzau liegt an einem zwei Meilen langen See, dem Selenter See. Ein breiter Bach schlängelt sich durch den Wald. Die Blome's waren sehr artig, Stolle machte die Honneurs. Wir sahen treffliche Hengste, zwei hell= braune für die er tausend Thaler forderte, ohne zu viel zu fordern. Die alte Hahn war auch da. Diese ist eine kluge Frau, sehr munter, und hat einen großen chien de tendre für mich. Den Tag darauf fuhren wir nach Neuhaus, welches Hahn gehört. Es liegt auch drei Meilen von hier. Auf dem Wege besahen wir das Gut Ranzow, welches dem alten Baudissin gehört. Den Tag vorher hatten wir auch auf dem Wege ein Gut, Lammershagen, besucht, welches ihm gehört, junge Pferde und einen trefflichen Isabell=Hengst mit weißer Mähne und Schweif gesehen. In Ranzau waren allerliebste Pferde von zwei Jahren. Das Gut ist das Stammgut der Ranzaus; das Haus antik; die Gegend schön. Zwischen Wald und Wiese schlängelt, immer nach rechts und links sich windend, ein Bach. Der Garten liegt auf einer hohen Anhöhe, oben ist ein Lusthaus mit einer allerliebsten Aussicht. Wenn statt der Hagebuchhecken im Garten Bosquets wären, so wäre es viel schöner. Neuhaus liegt auch am Selenter See. Der Garten (den ich nur durch's Fenster sah, denn das Wetter war abscheulich) besteht aus sehr hübsch angelegten Bosquets am See, und rund herum ist Holz. Hahn ist ein kalter trockener Mann, der aber mit Verstand und gut spricht. Sie ist eine artige, muntere Frau. Die Mutter war auch da. Hahn zeigte uns viele sehr schöne Pferde. Ich kenne kein Gestüt eines Particüliers, welches so groß und schön wäre. Ein junger Hengst nach dem andern, jeder machte mich das zehnte

Gebot übertreten. Unter andern hat er eine goldgelbe vierjährige Stute die tadellos ist.

Der Baron Wedel (von der Stute also herunter bis zu ihm) ist hier mit seiner Frau. Er ißt morgen bei Hofe; ich hatte, um ihm zu entgehen, bei Holmer essen wollen; aber der Herzog hat Holmer und mich gebeten, morgen hinzukommen; man will nicht allein mit ihm sein 2c. Der Schnuffel hat nach Verdienst und Würdigkeit mißfallen. Heute hab' ich am Eutiner See einen allerliebsten Sitz gefunden, auf Bäumen die über's Wasser hängen. Auch habe ich gebadet, und viele Nachtigallen gehört. Ich denke, die Nonnen sind bei Euch, und umarme Euch alle vier mit der zärtlichsten Liebe.

F. L. St.

In diesem Briefe spricht Stolberg zum ersten Mal vom Prinzen Coadjutor, Peter Friedrich Ludwig, dem Neffen des damals regierenden Herzogs von Oldenburg. Geboren im Januar 1755, war der Prinz im Mai 1777 zum Coadjutor des Bisthums Lübeck-Eutin gewählt worden. Später, im Juli 1785, succedirte er seinem Oheim als Fürst-Bischof und „regierender Landesadministrator" des Herzogthums Oldenburg. Kurz vor der oben erwähnten Fahrt nach Salzau hatte Stolberg ihn in Eutin kennen gelernt.

Friedrich Leopold an Emilie Schimmelmann.

Neuhaus, den 25. Mai 1779.

Sie haben mir ein allerliebstes Briefchen geschrieben, bestes Milchen! Ich fand's als ich von Knoop zurückkam, und hätte es gern gleich beantwortet, wenn es mir möglich gewesen wäre. Es freut mich, Beste, daß Ihnen und Ernst meine Briefe lieb sind; die Ihrigen sind's mir unendlich. Es läuft mir ein volles Herz in die Feder, wenn ich an Sie schreibe, das wissen Sie.

Es ist über mich beschlossen worden, daß ich diesen Sommer in Ungewißheit leben soll. Es geht in Eutin seit drei Tagen das Gerücht, der Herzog von Braunschweig sei todt. Aber dieser Tod ist ungewiß, ungewiß ob ich alsdann bei seinem Sohn oder beim König von England die Lehen übernehmen soll, und im letzten Fall ungewiß, ob in Hannover oder in London? Sollen beim Könige die Lehen genommen werden, so muß eine Negociation vorhergehen, die wohl über ein Jahr dauern kann, und deren Ende ich ruhig in Dänemark abwarte.

Sie, meine Beste, und Ernst rühren mich durch Ihre freundschaftlichen Wünsche, mich bald wiederzusehen. Ich hatte gehofft und noch mehr gewünscht, im Anfang des Juni in Bernstorff zu sein. Nun soll ich nach Meinberg. Berger will es haben; und in der That muß ich thun, was ich kann, um mich von einem Uebel zu befreien, das meine Gesundheit so sehr angreift und so schmerzhaft ist. Und wie viel lieber gehe ich nun mit Gustchen und Luise hin, als wenn ich etwa künftigen Sommer allein hingehen sollte. Gustchen, die wiedergeschenkte, so viel zu sehen, ist auch sehr süß für mich. Dennoch ging ich lieber nach Bernstorff; aber diese Freude werd' ich vor dem August wohl nicht haben 2c. Ich bin hier seit gestern und bleibe bis morgen. Der Herr und die Frau von Hahn sind sehr artig, gute Leute, der Ort allerliebst. Ein sehr schöner englischer Garten liegt zwischen dem Hause und dem großen waldumgebenen Selenter See. Sie sehen, daß ich mich durch kleine Abwesenheiten nach und nach zur Trennung vom Eutiner Hofe gewöhne 2c. Die Hahn's werden auch nach Meinberg diesen Sommer gehen.

Ich hoffe heute noch sehr schöne Promenaden zu machen. Leben Sie wohl, Beste. Ich umarme Ernst sehr zärtlich. Wie freut's mich, daß ich Ihnen bei manchem süßen stillen Genuß einfalle! Wie gut sind Sie beide, mich zuweilen als dritten unter sich zu wünschen. Adieu. Adieu.

F. L. Stolberg.

Friedrich Leopold an Christian.

Eutin, den 27. Mai 1779.

Ich glaube, daß ich Dir geschrieben habe, ich würde einige Tage mit Holmer in Neuhaus sein. Diese Tage sind für mich sehr angenehm gewesen, und wie oft wünschte ich Dich auch hin! Du hättest mit mir an Herrn von Hahn, who looks so unseemly, einen der interessantesten Menschen kennen gelernt. Er hat sehr viel Verstand, sehr feine Empfindung, hat immer sehr viel und mit der größten Auswahl gelesen. Da er nicht nur deutsch, Latein und französisch, sondern auch griechisch, englisch und italienisch liest, und gleich bekannt mit den Dichtern und Philosophen ist, die er gelesen hat, wie sie selten ein Gelehrter liest, so kannst Du Dir vorstellen, wie interessant sein Umgang sein muß. Er denkt ganz wie wir über die alten und neuen Philosophen. Plato ist sein Lieblingsautor. Um mit den Augen der Natur, sagt er, und nur das ist richtig, zu sehen, muß man die Sachen im Ganzen, in ihrer Analogie mit dem Ganzen sehen, das thun die Abstrahirer nicht. Er kennt Tetens; sein Buch hat er mit sauerm Schweiß ganz gelesen. Er sagt wie wir, es wäre Gerüste, aber er sagt, es wäre das Gerüste eines sehr Scharfsinnigen und man könnte daraus lernen. Er ist sehr bewandert in den Alterthümern und hat mir von den Eleusinischen Festen und von den Chören der Alten vieles gesagt. Er hat mir Leibnitz und Shaftsbury sehr anempfohlen. Shakespear kennt und liebt er wie wir.

Er wird leider nicht mit seiner Frau nach Meinberg gehen. Sie geht allein und freut sich sehr auf Luisens und Gustchens Gesellschaft. Es ist eine sehr gute artige Frau. Sie wird auch gegen Johanni, vielleicht einige Tage früher hin= kommen. Im Fall noch keine Wohnung in Meinberg bestellt ist, so will ich Holmer bitten, uns (ich sage uns, ohne zu wissen, ob ich mitgehn kann) im selben Hause Wohnung zu bestellen, wo er sie für die Frau von Hahn bestellt hat. Die Both und ihre Schwester kommen erst am Ende Juli hin, weil sie erst den Pyrmonter trinken soll. Ich fürchte, Trendelenburg, der sich obstinirt, zu behaupten, ihre Brust leide nicht, werde sie durch den Pyrmonter um's Leben bringen.

Da der alte Herzog von Braunschweig noch lebt, bin ich in eben der Ungewißheit. Holmer's Reise trainirt mich noch, und ich bin hier gefangen 2c. Die Schimmelmann's haben mich durch Lönchen bitten lassen, mit Euch ein paar Tage in Wandsbeck zu sein; aber ich kann nun nicht so weit weggehn. Der Stand der Verzögerung ist unausstehlich.

Der Tod des Kindes von Ludchen und Sibille hat mich sehr gerührt. Ich weiß, sie sagen sich, was sie sich sagen sollen; aber wie viel müssen sie doch durch den Verlust leiden! Puletchen schreibt, sie wäre sehr gefaßt.

Heute soll ich einer großen Vogelschießerei beiwohnen. Kaum kamen wir gestern von Neuhaus, so mußten wir mit dem Hofe nach Sielbeck. Ich umarme Dich, den Kater und Luise.

F. L. Stolberg.

Wir lesen oben, daß Friedrich Leopold und Holmer sowohl als auch seine Schwester, seine Schwägerin und Frau von Hahn nach Meinberg in's Bad zu gehen beabsichtigten. Sie unternahmen die Reise, und verlebten dort frohe Tage; eben so in Pyrmont, wo sie, ihre Badekur beschließend, den Brunnen tranken. Holmer reiste früher ab als die Andern.

Ein Brief Stolberg's folgte ihm sogleich. Am 2. August schrieb er ihm: „Mein Herz ist voll Unruhe und Besorgniß, seit ich Sie abreisen gesehen. So süß auch das Andenken an die Vergangenheit ist, es tröstet mich nicht über den großen und frischen Verlust ꝛc. Zimmermann ist krank seit dem Vorabend Ihrer Reise. Dies ist es, was ihn abgehalten hat, von Ihnen Abschied zu nehmen. Seit drei Tagen hat er ein fortwährendes Fieber. Ich bitte, dem armen Sturz von mir alles Herzliche zu sagen."

Am 9. schreibt er: „Wenn eines Theils Ihr gütiger Brief mein Bedauern, Sie nicht mehr zu sehen, erneuert hat, so hat er doch meine Unruhe in Betreff Ihrer Gesundheit beschwichtigt. Gott gebe, daß Sie die Kraft des hiesigen Wassers nachträglich fühlen. Für Ew. Exc. fürchte ich die Geschäfte, die sich gehäuft haben werden, die Zudringlichen und Lästigen in Oldenburg ꝛc. Frau von Both ist Samstags nach Hannover abgereist. Meine Schwägerin und meine jüngere Schwester waren den Tag vorher abgereist; Zimmermann auch, obwohl noch krank. Mein Bruder hat uns überrascht am Vorabend der Abreise unsrer Damen. Sie sind dennoch abgereist, da sie nicht Gefahr laufen wollten, daß meine Schwester krank würde, ohne Zimmermann's Beistand zu haben. Mein Bruder ist ihnen nachgereist."

Am 12. August reiste Friedrich Leopold nach Hannover. Den Tag vorher hatte er von Pyrmont aus das Schlachtfeld des Varus besucht. „Von fünf bis neun Uhr Morgens," schreibt er am 15. aus Hannover, „war ich zu Pferde gewesen, um das Lokal der Gegend zu untersuchen, wo unsre Väter die Römer vertilgt haben; als ich Briefe erhielt, daß Frau von La Roche zu Hannover sei und andern Tags abreisen werde. Ich beeilte mich, Postpferde zu bestellen und jagte mit ihnen hierher, wo ich um sechs Uhr Nachmittags ankam. Ich bitte um Ihre Befehle, ob ich in Holstein die Rückkehr Euer Exc. erwarten, oder ob ich zu Ihnen nach Oldenburg kommen soll."

Am 2. September schrieb er an Holmer aus Trems=büttel: „Ihr letzter gütiger und freundschaftlicher Brief hat mich über allen Ausdruck gerührt. Sie haben Unrecht, mir die Idee, nach Oldenburg zu gehen, anzurechnen. Jeder Aufent=halt, wo er sei, wo ich mit Ihnen leben könnte, würde seinen Zauber für mich haben."

Friedrich Leopold an Emilie Schimmelmann.

Tremsbüttel, den 16. Sept. 1779.

Ihr letzter Brief, mein bestes Milchen, gleicht einem Morgen, der trübe anfängt, aber immer heller und heller wird. Die Nebel senken sich auf der zweiten Seite; und auf der dritten nehmen Sie mich bei der Hand, und promeniren mit mir in schönem hellen Sonnenschein. Und wie konnte das anders sein, da Sie wußten, daß die reinste und zärtlichste Besorgniß für Ihrer beider Ruhe mir meinen vorigen Brief diktirt hatte.

Morgen reise ich von hier nach Eutin. Ich habe nichts Bestimmtes über meine Zurückkunft geschrieben, weil ich in Eutin nicht von mir sondern von meinem Hofe abhange. Der beste gütigste Hof ist auch Hof; und wenn ich meine Dependenz fühle, so fällt mir immer ein, was kurz vor seinem Tode Pompejus sagte, als er das ägyptische Ufer bestieg. Ich hoffe indessen zu kommen, wenn Ihr Alle noch auf dem Lande seid.

Dicht beim Hause läßt mein Bruder einen Eiskeller in einem Hügel anlegen, welchen er mit schlanken Eschen umpflanzt hat. Gestern fanden die Arbeitsleute zwo Urnen mit Gebeinen; die Urnen brachen, wie sie an die Luft kamen; in jeder lag ein Messer von Metall 2c. Adieu, liebes Milchen; umarmen Sie Ernst. Mein Bruder und Luise grüßen Sie herzlich.

F. L. Gr. z. St.

Der Prinz Coadjutor, von dem in dem Briefe vom 26. April die Rede war, kam gegen den Herbst wieder nach Eutin. Von da aus schrieb er am 25. September an den Kanzleirath von Krook in Petersburg, mit dem er befreundet war, über seine Verlobung mit der Prinzessin Friederike von Würtemberg: „Ich schlug den Würtembergischen Herrschaften vor, meine Absichten den Meinigen Ende October zu entdecken; eh' aber noch dies Schreiben angekommen sein konnte, erhielt ich eins, welches mir zu erkennen gab, daß es sowohl von Seiten des Würtembergischen Hauses als auch von beiden kaiserlichen Hoheiten für dienlich gehalten wurde, meine gedachten Absichten den Meinigen sogleich zu entdecken. Diesem nach reiste ich also= bald von Rastede, meinem Landhaus im Herzogthum Oldenburg, wo ich den Sommer zugebracht habe, weg, um mich hierher zu begeben. Der Eifer, bei jeder Gelegenheit durch mein Betragen zu zeigen, wie sehr ich von dem aufrichtigsten und lebhaftesten Respekt für beide kaif. Hoheiten durchdrungen bin, und wie sehr mir die Sache selbst am Herzen liegt, wird der Schlüssel zu dieser meiner Aufführung sein. Ich entdeckte meinem Onkel vor wenigen Tagen dies Projekt; und er hörte mich mit der Theilnehmung eines Vaters und Freundes an."

Vor seiner Abreise von Rastede hatte der Prinz darüber mit Holmer gesprochen. Von ihm erfuhr es Stolberg. In einem Briefe aus Oldenburg, vom 26. September, schreibt ihm Holmer: „Sie werden schon wissen, daß die Vermählung des Prinzen Coadjutor mit der Prinzessin von Würtemberg, Schwester der Frau

Großfürstin, beschlossen ist. Er hat es mir am Vorabend seiner
Abreise anvertraut; und hatte die Absicht, es seinem verehrungs=
würdigen Oheim mitzutheilen. Wenn es gleichwohl bei Ihnen noch
nicht bekannt ist, so bitte ich, das Geheimniß zu bewahren."

Stolberg antwortete darauf aus Eutin am 1. October:
„Der Prinz Coadjutor hat mir von seiner Heirath gesprochen,
ohne mir die Prinzessin zu nennen. Gebe Gott, daß diese
Heirath so glücklich sein möge, als sie mir wohlüberlegt von
Seite der Politik erscheint. Der Coadjutor wird mit seinem
Oheim und der Frau Herzogin nach Bosau gehen, wohin sich
am Montag der ganze Hof begibt. Man will, daß ich mit
dahin gehe. Sobald Euer Exc. angekommen sein wird, werde
ich mich beeilen, bei der ersten Ordre nach Eutin zu kommen,
im Fall Sie nicht nach Bosau gehen. Der Prinz Coajutor denkt,
uns gegen das Ende der Woche zu verlassen."

Holmer kam bald darauf nach Eutin. Der Prinz reiste ab,
nachdem bei Hofe die Mittheilung über seine beabsichtigte Ver=
mählung gemacht worden war. Er kehrte aber bald wieder dahin
zurück, wie wir aus dem unten folgenden Briefe Holmer's sehen.

Friedrich Leopold an Christian.

Eutin, den 4. October 79.

Deinen Brief vom 27. September fand ich Donnerstag
Abend, als ich von Kiel zurückkam. Ich konnte also nicht
antworten, denn die Post war den Morgen abgegangen. Ich
hätte einen Expressen geschickt, wenn ich mich nicht darauf
verlassen hätte, daß Du durch Gustchen, der ich es geschrieben
habe, erfahren würdest, daß die Hahn's in Mecklenburg sind.
Sie wird es Dir gewiß gesagt haben. Hahn's reicher Vetter ist
gestorben; er hat jährlich 30,000 Thaler mehr; das macht ihm

gewiß wenig Freude und viel Sorgen. Es ist traurig, daß dadurch das schöne Neuhäuser Projekt zernichtet wird.

In einigen Tagen, morgen oder übermorgen spätstens, kommt Holmer. Heute Nachmittag geht der ganze Hof nach einem Dorfe, das Bosau heißt, und am Plöner See sehr schön liegen soll. Bis Donnerstag bleiben wir dort.

Vorigen Dinstag fuhr ich nach Kiel; es freute mich sehr, unsre Freunde dort zu sehen; der alte Cramer war aber nicht da; der reist im Herzogthum Schleswig herum und muß examiniren. Mittwoch war ich mit Magnus und dem jungen Cramer in Eckhof, das mir erstaunlich gefällt, besonders Julianenlust. Aber die Gänge im Holz bei E. und die kleine Insel sind auch charmant. Donnerstag Mittag aß ich in Rixdorf. Die beiden Baudissins sind seit neun Jahren unverändert geblieben. Er ist schrecklich dumm, sie eine sehr artige Frau, die Verstand hat und angenehm spricht. Sie sieht zwanzig Jahre jünger aus als sie ist, sie ist 56 Jahre alt.

Ich habe einen Brief vom guten Miller gekriegt, der mir viel Freude gemacht hat. Es ist so eine reine gute Seele. Heute habe ich auch an Malegys geschrieben; denn ich mußte Pfenningen Bescheid sagen wegen der Exemplare des christlichen Magazins 2c. Die Herzogin von Plön soll nur wenige Augenblicke des wahren Bewußtseins haben. Ohne hitzige Phantasien zu haben, spricht sie lauter wachende Träume, kennt selten die Umstehenden. Sie soll, wenn sie bei sich ist, keine nahe Gefahr glauben und das Leben wünschen. Adieu! Ich umarme Dich, Gustchen und Luise. Zehn Tage bleib' ich gewiß noch hier.

F. L. Stolberg.

Einem Briefe aus Eutin, vom 14. October, an Emilie Schimmelmann fügt Friedrich Leopold als Postscript hinzu: „Noch ein Wort an Ernst. Bester Ernst, Gerstenberg liegt mir mehr als je am Herzen. Seine Schuldenlast wird immer drückender:

seine Frau, die sein Himmel auf Erden ist, härmt sich krank. Ich empfehle ihn Dir. Bernstorff wird ihm gewiß günstig sein, aber der Vorschlag kann nicht von ihm kommen, sondern von dem Com. Col. Ich empfehle Gerstenberg Dir."

Friedrich Leopold an Emilie Schimmelmann.

Tremsbüttel, den 28. Oct. 79.

Der Mensch denkt's, Gott lenkt's. Ich kam vorgestern in der Idee her, heute mich in Lübeck einzuschiffen. Da hörte ich, daß Luise Montag den 1. November zu Lande reiste, bedachte die Ungewißheit der Seereise, wie viel besser ich hier meine Zeit zubringe, daß ich nicht allein sondern mit Luise reise, und hoffentlich nicht gichtbrüchig ankomme, all das bedachte ich in einem Augenblick und entschloß mich gleich für die Landreise.

Gustchen noch so lange und ziemlich wohl zu sehen, ist mir eine große Freude. Gestern sah ich Klopstock und Hensler in Poppenbüttel. Morgen fahre ich mit Gustchen nach Hamburg, und komme übermorgen mit ihr und dem alten Cramer zurück.

Ich hatte mir vorgenommen, die Kellern in Lübeck zu besuchen; ich war nur einen halben Tag bei Gerstenberg, und nahm mir vor, es zu thun, wenn ich wieder hinkäme, um mich einzuschiffen. Nun sehe ich sie also nicht. Ich hätte Ihnen so gern sagen mögen, wie ich sie gefunden hätte 2c.

Fahren Sie nur immer fort, mich erst am Ende des November zu erwarten; so hoffe ich Sie doch gewiß zu überraschen. Meine Freude, Sie wiederzusehen, wird so groß sein, daß sie des Zusatzes der Ueberraschung nicht bedarf.

Klein Milchen, lassen Sie mich Ihnen im Vertrauen in's Ohr sagen, daß Puletchen die Heloise Kätchen vorliest. Adieu, bestes Milchen. Ganz Tremsbüttel umarmt Sie und Ernst.

F. L. Stolberg.

Wir hören, daß er am 1. November, die Landreise vor=
ziehend, wie er sich ausdrückt, das heißt, über die Insel Fünen,
nach Kopenhagen abreisen will. Er verweilte dort mit seiner
Schwägerin Luise bei ihrem Bruder, Ludwig Reventlow, auf
dessen Besitzung Brahe=Trolleburg. Dahin richtete Holmer das
hier folgende Schreiben, „nach Trolleburg bei Odense."

Holmer an Stolberg.

Eutin, den 2. November 1779.

Ich hatte mir es längst gesagt, mein würdiger und ge=
schätzter Freund, daß ich nach meiner Rückkunft aus Oldenburg nur
noch kurze Zeit Ihres Umgangs genießen könnte, und daß Ihre Ab=
reise nothwendig war; dennoch aber ist sie eine Beraubung für mich
geworden, die ich sehr lebhaft gefühlt habe. Von meinen Ge=
sinnungen für Sie wiederhole ich Ihnen nichts, als daß sie
unveränderlich sein werden; aber darum weil wir uns wechsel=
seitig kennen, hoffe ich, daß dies einzige Wort Alles erschöpft.

Der Prinz Coadjutor ist auch seit Ausgang voriger Woche
wieder hier, und ersetzet durch eine zärtliche Aufmerksamkeit für
seinen durchl. Onkel die unbeschreibliche Apathie seines Vetters;
ihm selbst aber wird von der Herzogin mit einer vorstechenden
Kälte in Vergleichung seines vorigen Aufenthalts begegnet 2c.

Ich ersuche Sie inständig, Ihrer Frau Schwägerin die
Versicherung meiner wahren Ehrerbietung zu wiederholen. Alle
Personen, die Ihnen angehören, haben ein Recht auf meine
zärtliche Achtung, und ich freue mich über die Besserung der
liebenswürdigen Comtesse. Täglich reden wir von Ihnen
in dem Bothischen Hause, mein gütiger Freund; und eine
Familie, die die einzige ist, welche mir mein Schicksal in Eutin

erträglich macht, hat noch das Verdienst mehr, daß alle Personen derselben Sie mit Wärme lieben und hochschätzen.

Schreiben Sie mir oft, mein liebster Graf! Auch dann, wann der Gesandte keine Berichte abzustatten hat, wird der Freund durch eine kurze und vertrauliche Unterredung das unangenehme Gefühl seiner Abwesenheit lindern. Leben Sie vergnügt, gesund und glücklich! So oft ich dazu von hier aus würksam beitragen kann, wird es Pflicht und Wollust für mich sein. Ich betheure Ihnen dies ohne Umschweif, und ohne die Absicht zu haben, Ihnen irgend einige Verbindlichkeit auf= zulegen; denn meinen wahren und geprüften Freunden zu dienen, diese glücklichste Seite meiner hiesigen Bestimmung, ist für mich das Bedürfniß meines Herzen ꝛc.

Stolberg an Holmer.

Trolleburg, den 9. November 1779.

Ich hatte gewiß gehofft, Euer Exc. heute aus Kopenhagen zu schreiben; unvermuthete Verzögerungen haben mich daran verhindert. Die Ueberfahrt von Kiel nach Foburg, welche das reizende Fräulein von Beck in sechs Stunden gemacht hat, hielt uns 48 Stunden auf; und zuletzt brachte die Unkunde und Feigheit unsres Schiffers uns nach Eckernförde; von wan= nen wir nun zu Lande reisten, obgleich unsre Kutsche beim Ausschiffen so zugerichtet worden war, daß wir sie dort lassen mußten.

Heut Mittag sind wir hier angekommen. Euer Exc. gnädiges Schreiben vom 2. habe ich hier vorgefunden. Ich wäre Ihrer Güte und Freundschaft unwerth, wenn mich dieser Brief nicht innig erfreut und gerührt hätte. Die fortdauernde Genesung unsres geliebten Herzogs macht mir mehr Freude, als ich aus=

brüden kann. Er ist schon so alt, daß jede Unpäßlichkeit uns für ihn zittern macht. Desto mehr scheint mir jeder Tag, den Gott ihn uns noch erhält, ein Geschenk zu sein, das unmittelbar aus seinen Händen kommt.

Die Art, wie man die unglückliche Prinzessin von Plön abfindet, macht wahrlich dem königlichen Hof keine Ehre. Was man aus Sparsamkeit dieser würdigen Fürstin die letzten Jahre ihres Lebens versagt, ist eine unbeträchtliche Summe für den König, und wie vom Altar genommen.

Ach, warum ist Euer Exc. Würkungskreis nicht so groß wie Ihr Herz! Das denke ich oft, wenn das wenige Gute und Große menschlicher Handlungen mich betrübt. Warum ist die Wollust des Erquickenden, die immer weit größer ist als die Freude des Erquickten, den Mehresten so fabelhaft wie Mahomed's Paradies!

Ich bitte Euer Exc., mich dem theuern Andenken der Bothischen Familie zu empfehlen. Morgen früh reise ich weiter ꝛc.

F. L. Stolberg.

Stolberg an Holmer.

Kopenhagen, den 13. November 1779.

Gestern bin ich hier angekommen. Gleich nach meiner Ankunft erhielt ich Euer Exc. Schreiben vom 9.

Bernstorff sprach mit mir von der Reise des Prinzen Coadjutor. Er sagte mir, der Hof erwarte, daß er sich erst melden lasse, um anzufragen. Ich halte es für meine Schuldigkeit, Euer Exc. das zu sagen. Es ist, däucht mich, unserm Prinzen sehr daran gelegen, daß er jeden Anstoß vermeide. Sein Zutrauen zu Mestmacher,*) welchen Graf Moltke sehr nach dem Leben geschildert hat, schadet ihm hier sehr.

---

*) Russischer Minister-Resident in Eutin.

Ich habe die Gelegenheit benutzt, Bernstorff zu bitten, uns dazu mit dem Ansehen seines Hofes behülflich zu sein, daß wir von einem Manne mögen befreit werden, dessen Gegenwart dem Hof lästig, dem Geschäft schädlich und unsern entferntern Aussichten höchst gefährlich ist. Ich sagte das nicht als Minister sondern als Freund; Bernstoff versprach mir, weisen und vielleicht wirksamen Gebrauch davon zu machen. Ich glaubte es dem Wohl eines Landes schuldig zu sein, einen Augenblick von aigreur gegen Meßmacher zu nutzen.

Darf ich Ew. Exc. bitten, die Einlage an Frau von Voth zu besorgen. Der Zustand des armen Sturz geht mir an die Seele. Prinz Ferdinand wird nur noch acht Tage bleiben.

F. L. Stolberg.

Es ist der durch seine, wohl klassisch zu nennende Prosa so ausgezeichnete Schriftsteller, dessen Zustand Stolberg hier beklagt. Er hatte eine Reise von Oldenburg nach Bremen gemacht, und lag dort schwer erkrankt darnieder. Schon am 12. November starb er.

Stolberg schrieb am 20.: „Der Tod des guten Sturz hat mich sehr geschmerzt. Ich weiß, daß Euer Exc. sich mit mir darüber betrüben. Armer Sturz! Wenn der Kelch, den er leerte bis zur Hefe, ihm bitterer erschien, als er ihm hätte erscheinen sollen, war er darum weniger zu beklagen?"

Gewiß, Stolberg nahm lebhaften Antheil an Sturz. Aber noch inniger und reeller war die Theilnahme Holmer's. Sogleich dachte er auf Hülfe für die mittellose Wittwe des Freundes.

Holmer an Stolberg.

Eutin, den 19. November 1779.

Unser Freund Sturz ist nicht mehr. Sein Körper war zu schwach, um dem innern Kampf seiner Seele und der Heftigkeit des dadurch verursachten bösartigen Fiebers zu widerstehen.

Am Freitag Abend den 12. d. M. ist er in eine bessere Welt über=
gegangen. Sein Verlust ist für mich in Oldenburg unersetzlich;
denn bei einigen Fehlern, die vielleicht das unzertrennliche
Loos der Menschheit sind, setzte ihn sein Herz, seine Eigen=
schaften und seine Talente in die wenig zahlreiche Klasse seltener
Menschen. — Er war mein wahrer Freund, und mein Herz be=
weint ihn aufrichtig. Allein der Zettel an mich, den man bei
ihm gefunden hat, den er vermuthlich am ersten oder zweiten
Tage seiner Krankheit (denn in den letzten zwölf Tagen ist
er gar nicht wieder zum fortdauernden Bewußtsein gelanget)
mit schwacher sterbender Hand unterschrieben, und den ich Ihnen,
mein würdiger Freund, hieneben abschriftlich überschicke, hat meine
ganze Seele erschüttert. Möchte ich im Stande sein, das Ver=
trauen des verewigten unglücklichen Mannes nach seinem ganzen
Umfang zu rechtfertigen! Alles will ich dazu anwenden. Ein
ganz verschuldeter Vermögenszustand, ein dreijähriges hülfloses
Kind, und eine junge Wittwe, die dem Vernehmen nach seit
drei Monaten ein anderes unter ihrem Herzen trägt, — welch
ein Gemälde! O mein bester Stolberg, izt vereinigen Sie Ihre
Bemühungen mit den meinigen. Auch Bernstorff's edles menschen=
freundliches Herz wird die Gelegenheit, wohl zu thun, mit Ent=
zücken ergreifen. Den Tag zuvor ehe der arme Sturz krank
wurde, hatte derselbe einen Brief von Guldberg erhalten, der
ihm die angenehmsten Hoffnungen in Absicht einer vom könig=
lich dänischen Hof zu erlangenden Pension, die ihm alsdann
nebst der unsrigen das Leben erleichtert haben würde, bereitete.
Sollte es nicht thunlich sein, hiervon nur etwan zweihundert
Rthlr. für die unglückliche Wittwe auszuwirken? Ein Gleiches
machte ich mich anheischig, derselben von der Gnade unsres
besten wohlthätigen Herzogs zu verschaffen; und auf diese Weise,
da sie außerdem fünfhundert Rthlr. L. d'or aus der Calen=
berger Witwenkasse zu erwarten hat, so würde sie nach Kopen=
hagen ziehen und dorten in dem Schooß ihrer Familie ohne

Nahrungssorgen leben können. Die Asche des Redlichen wäre
versöhnt, und wir, mein theurer Freund, hätten eine heilige
Pflicht der Freundschaft erfüllet. Ihr Herz wird Ihnen hierüber Alles weiter sagen, das meinige ist zu gerührt, um fortfahren zu können.

Stolberg an Holmer.

Kopenhagen, den 23. November 1779.

Sobald ich den Tod unsres Freundes erfuhr, fiel mir
mit dem Gedanken unsres Verlustes auch der Jammer seiner
Wittwe und des Kindes auf's Herz. Ich wußte, daß Euer Exc.
sich gewiß für diese Unglücklichen mit dem Eifer bemühen
würden, der Ihrem Herzen eigen ist.

Ich schätze mich glücklich, mich vielleicht nicht ohne Nutzen
dieser Sache hier annehmen zu können. Bernstorff verspricht, mich
zu unterstützen; sagt aber dabei, von den Collegien wäre nichts
zu hoffen, blos von der Schatull des Königs, und also von
Guldberg.

Sein letzter Zettel an Euer Exc. hat mich erschüttert.
Armer Sturz! Eine Reihe von fehlgeschlagenen Hoffnungen
hatte sein Herz dem Trost verschlossen. Gott wolle ihn trösten,
dort wo Hoffnung und Erfüllung nicht mehr von einander
getrennt sind! Es schmerzt mich tief, daß er vielleicht bis zuletzt mich für einen kalten Freund gehalten hat, weil ich einige
Schritte für ihn nicht thun konnte, deren Fruchtlosigkeit er nicht
einsehen wollte. Ich folgte meiner Einsicht, und vielleicht kann
ich nun desto eher etwas für diejenige erhalten, deren Noth
seine letzten Stunden verbitterte.

Euer Exc. schreiben ein Wort von Fräulein Henriette,
welches einen Wunsch, den ich lange hatte, fast zur Hoffnung
erhöhet.

Möchten doch Euer Exc. in der süßesten Verbindung, deren Menschen fähig sind, so glücklich werden und so glücklich machen, wie einige der besten Menschen es sind, an deren Glück ich mich dafür schadlos halte, daß es mir versagt ward. Flüchtige Freuden findet man überall, aber das Glück des Lebens hat sich noch nie wo anders als in einem ehelichen Hause häuslich niedergelassen.

F. L. Stolberg.

Das hier erwähnte Fräulein, Holmer's Verlobte, war Henriette Sophie von der Lühe.

Der Prinz Coadjutor war von Eutin wieder nach Hamburg zurückgekehrt. Bald hernach schrieb er an Stolberg nach Kopenhagen. Ihr Aufenthalt in Eutin hatte lange genug gedauert, sie einander näher zu bringen. Gewiß hatte Holmer, der zu gleicher Zeit dort anwesend war, am meisten dazu beigetragen.

Der Coadjutor an Stolberg.

Hamburg, am 9. December 1779.

Hochgeborner Herr Graf. Ich nehme mir die Freiheit, Euer Hochgeboren hiebei zwo Einlagen, eine für des Königs Majestät, die andere für Se. Excellenz den Herrn Grafen von Bernstorff zu überschicken, mit dem Ersuchen, beide dem Herrn Grafen zu überreichen. Sie enthalten die Ankündigung meiner bevorstehenden Heirath; ich schmeichele mir, daß sie höchsten Orts mit gütigem Beifall aufgenommen werde. Ich darf eine gleiche Theilnehmung von den freundschaftlichen und gütigen Gesinnungen des Herrn Grafen von Bernstorff hoffen.

Schon vor geraumer Zeit hätten Euer Hochgeboren diese Briefe meinem Versprechen gemäß erhalten, wenn ich nicht zu

gleicher Zeit gewünscht hätte, Ihnen etwas Bestimmteres über
den Entwurf meiner Kopenhagener und schwedischen Reise zu
sagen. Jetzt da ich dieses kann, so verliere ich keine Zeit, es zu
thun. Noch eh' ich unter das heilige Joch krieche, muß ich die
freigebornen Fittige zu einem Flug nach Norden schwingen,
und dann wohl fast auf immer meiner herumstreifenden Lebensart
entsagen. So unangenehm auch die Jahreszeit hiezu sein mag,
so sehr schmeichele ich mir, durch die zu machenden, für mich
in so manchem Betracht interessanten Bekanntschaften mich dafür
schadlos zu halten. Das Vergnügen, Euer Hochgeboren wieder
zu sehen, ist kein geringer Theil des Vergnügens, welches ich
mir hiebei verspreche; ich bitte, dieses nicht für ein wälsches
Compliment zu halten.

Da Euer Hochgeboren so gütig gewesen sind, mir Ihr
Haus anzubieten, so bin ich dreist genug, Ihnen beschwerlich
zu fallen, aber nicht unbescheiden genug, um Sie mit meiner
ganzen Heerschaar zu überfallen. Ich bedinge mir zum Zeichen
der Freundschaft aus, daß Euer Hochgeboren mir das Monopolium
des nähern Umgangs mit Denselben gestatten, und meinem Ge-
folge, das (Ehren und nicht Gemächlichkeit halber) stärker ist, als
ich es wünsche, in einem nahen Gasthofe abzusteigen erlauben.
Das Wann dieser, ich fürchte, für Euer Hochgeboren beschwerlichen
Heimsuchung werden Dieselben durch eine gütige Anzeige des
bequemsten Augenblicks zu bestimmen belieben. Ich bin hiezu
beinahe stündlich bereit, und denke zu dieser Reise die ersten
Tage des neuen Jahres anzuwenden. Meine Absicht ist, über
Schleswig zu gehen; Euer Hochgeboren sind wohl so gütig,
eine Marschroute zu diesem Kreuzzug mir zuzuschicken; wir
wollen sie vor uns tragen wie den vom Himmel gefallenen
Dannebrog.

Man versichert mich, es sei weise, sich bei dem Hofe, wo
Sie residiren, ansagen zu lassen. Ist dem so, und kann es nicht
für eine der Sonderlichkeiten, die zu den Regalien meines

Standes gehören, ausgelegt werden, so nehmen Sie, mein verehrter Herr Graf, diese Mühe auf sich.

Mit dem lebhaftesten Verlangen, Sie bald meiner aufrichtigsten Hochachtung mündlich versichern zu können, verbleibe ich Euer Hochgeboren ergebener Diener 2c.

Stolberg an den Coadjutor.

Kopenhagen, den 14. Dec. 1779.

Durchlauchtigster Herzog, Gnädigster Fürst und Herr! Gleich nach Empfang des gnädigen Schreibens, mit welchem Euer Durchl. mich beehrt haben, habe ich die zwo Einlagen an den Grafen von Bernstorff übergeben.

Euer Durchl. lassen mir gewiß die Gerechtigkeit widerfahren, überzeugt zu sein, daß ich den großen Schritt zur menschlichen Glückseligkeit, welchen Sie bald thun werden, mit meinen eifrigsten Wünschen begleite. Ich thue es um desto mehr, je mehr ich mich jeden Tag davon überzeuge, daß im ehelosen Leben die wahre Glückseligkeit zuweilen eine Erscheinung, aber nie zu Hause ist.

Ich würde, so sehr mir auch die Ehre schmeichelt, welche Euer Durchl. mir bestimmen, dennoch für den Augenblick zittern, da Sie meine Wohnung betreten wollen; wenn ich nicht wüßte, daß Euer Durchl. auf meinen guten Willen sehen werden. Und guten Willen haben die Großen der Erde von je her öfter in kleinen Wohnungen als in stolzen Palästen angetroffen.

Ich werde um Audienzen bei Ihrer Majestät der Königin und dem Prinzen Friedrich anhalten, um ihnen das Vorhaben Euer Durchl., das königliche Haus zu besuchen, anzukündigen.

Die Wahl der Reiseroute würden Euer Durchl. wohl am besten nach dem Wetter bestimmen. Auf jeden Fall reisen Euer

Durchl. von Schleswig über Flensburg, Apenrade und Hadersleben. Ist kein Eis im kleinen Belt, so ist der Uebergang nach Assens viel wegverkürzender als die zwar ungleich schmalere aber fünf Meilen nördlichere Ueberfahrt nach Middelfart. Ist aber im Belt Eis, so bitte ich Euer Durchl. unterthänig, sich durch den Umweg nicht abhalten zu lassen, über Middelfart zu gehen. Fünen durchreisen Euer Durchl. in einem Tage. Da die Tage kurz sind, so ist das sicherste, frühmorgens in Nyborg zu Schiffe zu gehen. In Seeland werden Euer Durchl. von Korsör bis Roeskild sehr schlechte Wege antreffen.

Ich erwarte mit Ungeduld den Augenblick, in welchem ich die Ehre haben werde, Euer Durchl. mündlich die Gesinnungen der tiefsten Ehrfurcht zu bezeugen, mit welchen ich verbleibe Euer Hochfürstl. Durchl. unterthänigster Diener

F. L. Graf zu Stolberg.

Wiederholt hören wir ihn oben, wie vorher in dem Briefe an Holmer, von dem Lebensglück reden, das dauernd allein in der Ehe zu finden. Mehr als zwei Jahre gingen vorüber, ehe ihm selbst dieses Glück zu Theil ward, dann aber auch im reichsten Maße, zwar nur auf allzu kurze Zeit, in dieser Ehe nur sechs Jahre lang.

Stolberg an den Coadjutor.

Kopenhagen, den 21 Dec. 1779.

Durchlauchtigster Herzog 2c. Ich habe die Ehre gehabt, Seiner königl. Hoheit dem Prinzen Friedrich Euer Durchl. bevorstehenden Besuch zu melden, und ihn zu bitten, Seine Majestät den König davon zu unterrichten. Er versicherte mich seiner Freude auf eine für Euer Durchl. sehr freundschaftliche Art.

Die hohe Ehre, welche Euer Durchl. mir bestimmt hatten, wird mir entrissen. Der königliche Hof will für Euer Durchl. entweder in Christiansburg Zimmer bereiten, oder Ihnen das in der Stadt gelegene Schloß Rosenburg einräumen lassen.

Ich habe die Ehre, mit der tiefsten Ehrfurcht zu verharren Euer Hochfürstl. Durchl. meines gnädigsten Herzogs und Herrn unterthäniger Diener.

F. L. Graf zu Stolberg.

Der Coadjutor an Stolberg.

Hamburg, den 31. December 1779.

Hochgeborner Graf. Aeußerst gerührt von den gnädigen Ausdrücken, die des Prinzen Friedrich königl. Hoheit in Absicht meiner zu brauchen geruhet haben, und eben so sehr durch das gnädige Bezeugen des Königs, mich in eines seiner Schlösser aufzunehmen, muß ich wirklich diesmal vom gnädigen König an den gütigen appelliren. Ist es kein Vergehen, sich die Gnade des Königs zu verbitten, so verbitten Sie mir eine Ehre, von der ich all das Schmeichelhafte durch das gnädigste Anerbieten fühle. Erforschen Sie, mein verehrtester Herr Graf, Ihren Herrn Schwager. Kann, darf ich es verbitten, so bezeugen Sie, wie sehr ich von Erkenntlichkeit durchdrungen bin, aber auch, wie sehr ich wünschte, die Güte des Königs zu verdienen und seine Gnade nicht zu mißbrauchen. Ich bitte es mir zur Freundschaft von Ihnen und zur Gewogenheit vom Herrn Grafen von Bernstorff aus, daß wenn es diejenigen Empfindungen, die ich wirklich hege, nicht in ein falsches Licht setzet, mir erlaubt sein mag, es gehorsamst zu verbitten. Dieses überlasse ich Euer Hochgeboren Kenntniß der dasigen Gegend und Klugheit.

Kurz, lieber Graf Stolberg, Sie sollen, Sie müssen Einquartierung haben, damit Sie erfahren, wie es dem armen

Einwohner thue, wenn aus landesväterlicher Milde man ihm vom löblichen Wehrstande in's Haus legt.

Mit aufrichtigster Hochachtung verbleibe ich Euer Hochgeboren ꝛc.

Zwischen dem 17. und 20. gedenke
ich in Kopenhagen einzutreffen.

Die vorstehenden Briefe Stolberg's und des Prinzen Peter Friedrich Ludwig sind die frühesten, die sie miteinander gewechselt. Erst im Lauf dieses Jahres, während ihres Aufenthalts in Eutin, hatte ihre Bekanntschaft begonnen. Aber sehr bald kamen sie einander näher und näher. Es entstand die Freundschaft, die länger als zwei Jahrzehnte dauerte, die unauflöslich schien. So verschiedenartig auch ihr Wesen war, die feste Grundlage desselben war die nämliche. Dennoch trat plötzlich die Trennung ein, die sie für ihr ganzes noch übriges Leben von einander schied. Nur wenige Monate vorher, ehe der unheilbare Riß entstand, im April 1800, hatten sie, ohne Ahnung dessen was kommen sollte, in herzlichem, freundschaftlichen Zusammensein, in Oldenburg und Rastede frohe Tage miteinander verlebt. *)

Gegen das Ende des Jahres war der Druck der gesammelten Gedichte der beiden Brüder vollendet. **) Sogleich wurden sie an Holmer gesandt.

---

*) Vergl. Hennes, Stolberg in den zwei letzten Jahrzehnten seines Lebens. Seite 120.

**) Das früheste Urtheil darüber, das wir kennen, ist von Joh. v. Müller. Er schreibt am 9. September 1780 an seinen Bruder: „Ich habe die Gedichte der Grafen von Stolberg zum Theil mit großem Vergnügen gelesen; aber der verdammte Bürger mit seiner Lenore hat mein ganzes Nervensystem eine Nacht hindurch erschüttert, und dem Bonstetten ist, als er um die Mitternachtsstunde las und plötzlich die Thür aufsprang, das Buch aus der Hand gefallen und alle Haare sind ihm gen Berg gestiegen."

Stolberg an Holmer.

Ich nehme mir die Freiheit, an Euer Exc. ein kleines Packet zu adressiren. Es sind vier Exemplare von meines Bruders und meinen Gedichten. Ich bitte, das eine zu behalten, die andern an den Herzog, die Herzogin und die liebenswürdige Fräulein von der Lühe zu überreichen 2c.

Unser Freund Hahn hat mir noch nichts Näheres über seine Reise geschrieben; ich werde mir eine wahre Freude daaus machen, ihm zu dienen, wo ich kann. Wird seine liebe sanfte Frau ihn nicht begleiten? Er muß nicht erwarten, hier Vielen zu gefallen. Aber den Wenigen wird er eine desto seltnere und hochgeschätzte Erscheinung sein.

Seit vierzehn Tagen setzt mich eine heftige Brustkrankheit meiner Freundin Emilie Schimmelmann in eine schreckliche Unruhe. Zwar ist die Wuth des Angriffs bei der Krankheit schon gehoben; aber die Aerzte können noch nicht entscheiden, wie vielen Schaden ein hartnäckiges, noch nicht gewichenes Fieber und der beständige Husten in ihrer schwachen Brust angerichtet haben. Sie gehört zu der kleinen Zahl von Personen, die ihren Freunden unentbehrlich werden. Seit vier Jahren zärtlicher Freundschaft hat jeder Tag sie meinem Herzen werther gemacht. Ihre schöne Seele ist vielleicht reif für den Himmel; aber wenn sie stirbt, so ist mein Verlust unersetzlich.

Der Anfang eines neuen Jahres ist diesmal für Euer Exc. noch feierlicher als sonst. In diesem Jahre fangen Sie ein glücklicheres Leben an; mein ganzes Herz ist voll von zärtlichen Wünschen für Sie.

F. L. Stolberg.

Am 1. Januar schrieb er: „Nach dreiwöchentlicher Krankheit hat Emilie Schimmelmann eine Nacht ohne Fieber gehabt.

Dies ist ein Hoffnungsstrahl für ihre Herstellung. Aber wie schwach ist er! Wenn dies Leben nicht blos die erste Scene unsrer Existenz wäre, wer könnte es ertragen, immer zwischen Hoffnung und Furcht zu schweben! Wer würde sich nicht beeilen, ein letztes und trauriges Asil unter den Schatten des Todes zu suchen!"

Gegen die Mitte des Januar finden wir den Prinzen Coadjutor auf der Reise nach Dänemark und Schweden. Zu der Zeit, die er in der Nachschrift seines Briefes vom 31. December angegeben, traf er in Kopenhagen ein.

Von seinem Vorhaben, während seines dortigen Aufenthalts bei Stolberg zu wohnen, mußte er abstehen, weil der König und die königliche Familie dringend wünschten, daß er bei ihnen absteige. Am 11. Januar schrieb Stolberg an Holmer: „Ich habe dem Prinzen Coadjutor das Resultat einer Conferenz zu schreiben mich beehrt, die ich mit Bernstorff hatte; wo es sich darum handelte, daß der König und die königliche Familie Vorbereitungen treffen lassen, ihn gut zu empfangen und bei sich in Christiansburg wohnen zu lassen. Ablehnen läßt sich ein so freundschaftliches Drängen in keinerlei Weise."

Das hier erwähnte Schreiben an den Coadjutor ist folgendes:

Stolberg an den Coadjutor.

Kopenhagen, den 4. Januar 1780.

Durchlauchtigster Herzog ꝛc. Sobald ich die Ehre hatte, Euer Durchl. gnädiges Schreiben zu empfangen, ging ich zu meinem Schwager, um ihm zu sagen, daß Euer Durchl. noch immer gesonnen wären, mir die Gnade zu erzeigen, sich mit meiner Wohnung genügen zu lassen, wenn es möglich sein könnte, das Anerbieten Seiner Majestät zu verbitten. Der Graf Bernstorff sagte mir, der König und das königliche Haus machten sich ein Fest daraus, mit Euer Durchl. in einem

Schlosse zu wohnen; es würde ihnen wehe thun, wenn Euer Durchl. sich dessen entziehen wollten; alle Arrangements seien schon getroffen, und der königliche Hof könne selbst nicht mehr zugeben, daß einem Prinzen vom Hause weniger Ehre widerführe, als fremde Prinzen genossen hätten. Euer Durchl. sehen, daß ich gezwungen bin, gegen mein Interesse zu reden; ich werde aber nimmer vergessen, daß Sie mir eine so schmeichelhafte Gnade haben erzeigen wollen.

Ich verbleibe mit der tiefsten Ehrfurcht Euer Hochfürstl. Durchl. ꝛc. unterthänigster Diener

F. L. Graf zu Stolberg.

Der Prinz war schon von Hamburg abgereist, als dieser Brief dort ankam. Am 18. schreibt Stolberg an Holmer: „Ich habe eine Staffette aus Korsör erhalten, mit einem Brief des Prinzen Coadjutor, worin er mich beehrt, mir zu sagen, daß er heut Abend oder morgen früh anzukommen denkt. Ich beeile mich, ihm entgegen zu gehen. Ich habe den Verdruß zu hören, daß er weder den Brief erhalten hat, den ich an ihn nach Hamburg adressirt, noch einen andern, den ich an Graf Schmettau geschrieben und nach Schleswig adressirt habe."

Am 19. Morgens kam er mit dem Prinzen in Kopenhagen an.

Unterdessen verschlimmerte sich mehr und mehr die Krankheit seiner Freundin. Schon am 11. schrieb er an Holmer: „Ich habe das Jahr mit Kummer über meine kranke Freundin angefangen, und dieser Kummer nimmt täglich zu. Es ist fast keine Hoffnung mehr zu ihrer Genesung. Es ist schrecklich, eine Freundin, die ich wie eine Schwester liebe, täglich kränker zu finden, sie hinschwinden zu sehen. Sie ist sanft und geduldig wie ein Engel; seit sie ihre Gefahr weiß, noch heiterer."

Bald nach der Ankunft des Coadjutors war Stolberg selbst krank geworden; nur wenige Tage konnte er ihm zur Seite sein. Am 25. schreibt er: „Ein rheumatisches Fieber und eine Entzündung der Kehle, verursacht durch eine vernachlässigte Erkältung, haben mich heute der Ehre beraubt, den Prinzen zu begleiten."

Mit seinem Befinden verschlimmerte es sich. Am 29. meldet er: „Euer Exc. letzte Depesche habe ich erhalten. Ich habe sogleich den Brief des Grafen Panin an den Prinzen Coadjutor geschickt. Die Unpäßlichkeit, die ich Euer Exc. erwähnt, ist ernsthafter geworden als ich dachte. Ich habe das Scharlachfieber; aber alle Symptome sind so gutartig als ich sie nur wünschen kann. Verzeihen Sie dies Gekritzel, das ich im Bett mit schwacher und zitternder Hand geschrieben. Heute werde ich Bernstorff die Note schicken."

Auf die Nachricht von seiner Erkrankung war sein Bruder Christian nach Kopenhagen geeilt. *) Er schrieb dem Grafen Holmer: „Ich mußte aller meiner Macht und Ueberredung und selbst der ganzen Autorität meines Altersvorrechts mich bedienen, um meinen Bruder abzuhalten, Euer Exc. mit dem heutigen Kurier über seine Gesundheit Nachricht zu geben. Es geht ihm so gut als möglich bei einer so ernsthaften Krankheit, wie das Scharlachfieber ist. Und wir haben allen Grund zu hoffen, daß er in ein paar Tagen gänzlich außer Gefahr ist 2c. Genehmigen Ew. Exc. die Versicherung der vollkommensten Hochachtung meiner Frau, meines Bruders und der meinigen 2c.

Am 5. Februar konnte er wieder selbst die Feder zur Hand nehmen.

---

*) Von früher Jugend an waren die beiden Brüder in innigster Liebe mit einander verbunden. Sehr schön gibt Graf Christian diesem Gefühl treuer brüderlicher Freundschaft Ausdruck in der Fortsetzung der oben S. 76 erwähnten Schrift Friedrich Leopold's. Er beginnt also: „Bei diesen Worten legte die Feder nieder er, den ich seit früher Jugend nie ohne das regste Gefühl der Liebe, des innigsten Vereins, aber auch der Verehrung und des Stolzes meinen Bruder nannte, und zu dem ich jetzt emporschaue in namenloser Sehnsucht nach dem Wiedersehen."

Stolberg an Holmer.

Kopenhagen, d. 5. Februar 1780.

Das Scharlachfieber, das so sehr als möglich zur unrechten Zeit kam, wird mich während der Zeit der Anwesenheit Sr. Durchl. des Prinzen Coadjutors der Ehre berauben, ihm aufzuwarten. Uebrigens geht diese Krankheit sehr glimpflich mit mir um; und einen kleinen Fieberanfall abgerechnet, der sich alle Tage einstellt, fühle ich mich kaum krank.

Se. Durchlaucht hat seine Abreise bis zum 10. d. verschoben. Ich glaube, daß er den bringenden Bitten der königlichen Familie nachgeben wird, bei seiner Rückreise nach Kopenhagen zu kommen zc.

Meine Krankheit beraubt mich des süßen Trostes, meine geliebte, izt sterbende Freundin noch zu sehen. Sie soll unbeschreiblich heiter sein, und hat mir noch gestern eine Blume geschickt.

F. L. Stolberg.

Stolberg an Holmer.

Kopenhagen, d. 8. Febr. 1780.

Des zärtlichen Antheils versichert, den Euer Exc. an meinem Befinden nehmen, ist es mir angenehm, Ihnen zu sagen, daß ich fortfahre, mich so wohl als es nach einer Krankheit möglich ist, zu befinden. Ich hoffe, in etwa zehn Tagen wieder ausgehen zu können.

Meine geliebte Freundin Emilie ist vorgestern gestorben. Die letzten Tage hat sie viel gelitten, und mit himmlischer Geduld. Sie hatte Schwämmchen im Halse, welche ihr das Essen und das Trinken äußerst beschwerlich machten. Dürstend, wund vom langen Liegen und beängstigt von Oppressionen auf der Brust, lag sie lächelnd da, und tröstete die Weinenden.

Eine halbe Stunde vor ihrem Tode gab sie, schon sprachlos, jedem die Hand; und hielt die andre Hand auf's Herz, ihre Liebe anzudeuten. Während der ganzen Krankheit enthielt sie sich jeder Klage, sobald ihr Mann in der Stube war.

Ihr armer Mann *) besuchte mich den Tag ihres Todes; er ist unaussprechlich traurig, aber sanft in seinem Schmerz. Ich weiß, Euer Exc. verzeihen mir, daß ich Sie von meinem Schmerz unterhalte; ich habe unendlich viel durch den Tod meiner Freundin verloren.

F. L. Stolberg.

Am 22. sendet er, was er zu ihrem Andenken niedergeschrieben, „eine Elegie, die mir aus dem Herzen gequollen." Noch einmal gedenkt er ihrer in einem Briefe vom 21. März: „Ich weiß nicht das Geringste von einer Lebensbeschreibung meiner verewigten Freundin. Ich wünsche sehr, daß keine solche Arbeit von irgend jemand unternommen werde. Thaten allein können eine Lebensbeschreibung interessant machen, und welche Thaten kann ein sanftes Weibchen thun? Zwar meine Freundin war von der Art, daß sie an der Stelle der Arria wie sie den blutigen Dolch aus ihrer reinen Brust gezogen haben würde. Aber von dem was sie würde gethan haben, kann nur ein kleiner Kreis ihrer Freunde, nicht das Publikum urtheilen. Die zahllosen Liebenswürdigkeiten kann weder die Feder eines Biographen noch der Pinsel des Dichters beschreiben, wenn er sie auch in die Farbe der Morgenröthe tauchte."

Am 10. Februar verließ der Prinz Kopenhagen, reiste nach Schweden.

Stolberg meldete ihm am 2. März: „Ich hatte vor einigen Tagen eine Privataudienz bei Ihro Majestät der Königin,

---

*) Ernst von Schimmelmann, der Gönner und Freund Schiller's und Pathe seines zweiten Sohnes, geboren 1747, seit 1782 Commerzminister, seit 1784 zugleich Finanzminister. Nach dem Tod Emiliens, geb. Gräfin Ranzau, heirathete er Charlotte von Schubert.

welche mit sehr vieler Freundschaft von Euer Durchl. sprach und Ihre Wiederkunft mit Sehnsucht zu erwarten bezeugte. Die königliche Familie wird sich, wie der Graf Bernstorff meint, nicht entschließen können, dem Vergnügen zu entsagen, Euer Durchl. bei sich in Christiansburg zu besitzen."

Am 7. schreibt er an Holmer: „Vom Prinzen Coadjutor habe ich einen Brief vom 29. v. M. erhalten. Er sagt mir, es wäre ihm unmöglich, den Tag seiner Abreise zu bestimmen; vorher wolle er noch eine kleine Reise nach Upsala machen. Ich glaube aus seinen Briefen schließen zu können, daß ihm der Aufenthalt in Stockholm nicht sehr angenehm ist. Unendliches Ceremoniell und beständiger Zwang begleiten ihn; der König möchte gern jeden seiner Schritte dirigiren; und soll es ihm übel genommen haben, daß er den Reichsräthen nicht die erste Visite hat machen wollen."

Am 13. Morgens traf der Prinz in Helsingborg ein. Ein starker Sturm nöthigte ihn, den ganzen Tag da zu bleiben; am 14. setzte er trotz eines heftigen und widrigen Windes nach Helsingör über. Stolberg kam, ihn zu begrüßen. Seit dem 11. Abends hatte dieser ihn mit dem ältern Grafen Schimmelmann in dem ganz in der Nähe gelegenen Hellebeck erwartet. Sie fuhren zusammen nach Hellebeck, besahen Schimmelmann's Waffenfabrik und blieben bei ihm über Mittag. Am selben Tage kamen sie, um sieben Uhr Abends, nach Kopenhagen.

Am 16. verließ er Kopenhagen, und reiste nach Eutin. Stolberg begleitete ihn bis nach Roeskild.

Bald hernach reiste der Prinz nach der Grafschaft Mümpelgard, zu seiner Braut Prinzessin Friederike; verweilte dort einen großen Theil des Frühjahrs und des Sommers. Aus einem Briefe Stolberg's vom 2. Juli sehen wir, daß er von da einen Ausflug nach der Schweiz machte. „Ich freue mich des Vergnügens," schreibt er, „welches Euer Durchl. auf der

Schweizerreise bevorsteht. Sie wollen das Land der Freiheit sehen, in einem Augenblick da Sie bereit sind, die Ihrige unter ein mit Blumen umwundenes Joch zu bringen."

Stolberg schreibt dies aus Bernstorff. Im Frühjahr hatte er die Stadt verlassen, und wohnte bis zum Herbst auf dieser Besitzung seines Schwagers. Hören wir darüber seine Schwester Julia!

In ihren „Erinnerungen aus meinem Leben" erzählt sie: „Anno 80 reiste ich mit Fritz und Gustchen nach Bernstorff, wo wir bis spät im Herbst blieben; und nun lernte ich eigentlich erst meine Schwester Henriette kennen. Sie hatte ein angenehmes Aeußere, mit viel Würde gepaart; Fremden schien sie kalt, aber sie war voll Liebe und Einfalt, und sie war die glücklichste Gattin und Mutter. Mein Schwager war auch im täglichen Leben höchst interessant und liebenswürdig, und ein eben so großer Landmann als Gelehrter und Staatsmann. Von ihm konnte man sagen: Sanfte Beredsamkeit floß von seinen Lippen. Die Kinder waren holdselig, schön, klug und voll Leben. Am meisten zogen mich Andreas und Jochen an; und ich hatte die Freude, daß sie sich alle sehr an mich anschlossen. Mein Zimmer duftete immer von den schönsten Blumen, die meine Neffen mir brachten. Der Sommer ging höchst angenehm dahin. Mein Bruder Fritz, der Oldenburgischer Gesandter in Dänemark war, wohnte in Bernstorff; er machte dort manches Gedicht, und theilte es uns gleich mit. Allerliebst waren Luise und Milchen, welche drei und vier Jahre alt waren. Im September reiste ich mit Gustchen zurück. Wir landeten in Kappeln, und eilten nach Loitmark, wo ich meinen lieben Bruder Magnus fand, und mit ihm einige glückliche Tage verlebte. Den 25. September mußte ich nach Schleswig zurückeilen. Die Trennung von Magnus ward mir sehr schwer; aber es ging diesmal ohne Thränen ab. Ach, ich hatte eine Ahnung davon, daß es unser letztes Zusammentreffen auf Erden war. Ich schrieb ihm mit dem rückkehrenden Kätchen, wie schwer mir die Trennung geworden, und endigte mit Haller's Worten:

> Das Herz kennt andre Arten Zähren,
> Als die die Wangen überschwemmen.

In Luisenlund ward ich gütig und liebevoll empfangen. Im October gingen wir nach Schleswig. Den 14. December beobachtete ich in meiner Stube den Sonnenuntergang, der schöner war wie je. Ich glaubte dadurch so schwermüthig gestimmt zu sein. Da ich die Mansbach Clavier spielen hörte, bat ich sie um das Lied von Klopstock, welches sie so schön sang:

> Ach, wenn doch kein Grabmal wäre,
> Das Liebende drückt,
> Die einander so treu, die so voll Zärtlichkeit sind.

Dann bat ich sie, den Trauermarsch von Pergolese zu spielen, wozu sie die schönen Worte von Hölty sang: Wanke näher an des Sterbebette ꝛc. Ich war sehr bewegt. Am andern Morgen brachte man mir die Trauerbotschaft, daß mein Liebstes auf Erden, mein Bruder Magnus im Duell gefallen sei."

In einem Briefe Stolberg's an Holmer vom 17. Juni hören wir wieder einmal von der Frau Sturz, der noch immer keine dänische Pension zu Theil geworden. Er schreibt: „So oft ich mit Guldberg wegen der Wittwe unsres Freundes gesprochen habe, hat er mir immer Hoffnung zu einer Pension gemacht, aber auch immer mit einfließen lassen, daß sie wohl thun würde, sich in den Landen des Königs zu etabliren. Ich habe eben wieder mit Bernstorff ihretwegen gesprochen; er hält für sehr rathsam, daß sie herkomme, etwa unter dem bloßen Pretext, ihre Mutter zu besuchen, und in Person bei der Königin sollicitire; alsdann wird sie, ohne sich verpflichten zu müssen, im Lande zu bleiben, vermuthlich reussiren. Ich werde fortfahren, Guldberg an sie zu erinnern. An seinem guten Willen zweifle ich nicht, und bin versichert, daß Bernstorff die Sache aus allen Kräften unterstützen wird." (Nach spätern Briefen, vom 26. September und 17. October, war es noch immer bei Versprechungen geblieben. Im erstern schreibt Stolberg: „Ew. Exc. können versichert sein, daß ich nicht ablassen werde, mich bei Bernstorff und Guldberg für die unglückliche Wittwe unsres Freundes Sturz zu verwenden. Ich hoffe auch gewiß, daß sie endlich die kleine Pension von 200 Rthlr. erhalten werde. Es ist nun einmal die Art des hiesigen Hofes, nichts in verbindlicher, entgegenkommender Weise zu thun. Man glaubt, durch Aufschub und Schwierigkeiten der spätern Wohlthat den Schein eines größeren Werths zu geben, indem man in der That ihn um Vieles verringert.")

Um diese Zeit waren die gesammelten Schriften von Sturz erschienen. Stolberg sandte sie am 30. Juni seiner Schwester.

Friedrich Leopold an Katharina.

Freitag Morgen.

Bestes Kätchen, schon über acht Tage habe ich Sturzens Schriften hier, welche Dir Dewiz schickt. An Dich waren sie adressirt, wurden aber aus Irrthum mir gebracht, oder vielleicht damit ich sie weiter besorgen sollte, welches ich denn mit der letzten Post schändlich vergessen habe. Sie werden Dich sehr interessiren. Es ist in aller Absicht sehr schade, daß dieser Mann so früh gestorben ist. Daß es ein guter Mann war, der sehr viel Verstand hatte, wußte ich wohl; ehrte und liebte ihn; aber es sind Stellen im Buch, die doch meine Erwartung sehr übertreffen.

F. L. St.

In einem Briefe vom 2. Juli gedenkt er der Reise Kaiser Joseph's II. nach Rußland und der verschiedenen Vermuthungen, wozu sie Veranlassung gegeben. Der Zweck der Reise war vor Allem, die Freundschaft der russischen Kaiserin zu gewinnen und sie vom König von Preußen zu trennen. Diese Absicht ward erreicht. Es kam zwar nicht zu einem Bruch mit Preußen; aber das Bündniß ward nicht erneuert; die Freundschaft zwischen beiden Höfen, schon vorher erkaltet, hatte ein Ende.

Um dieselbe Zeit schloß Dänemark der schon Ende Februar von Rußland proklamirten „bewaffneten Neutralität" sich an; kraft welcher neutrale Schiffe frei von Hafen zu Hafen auch an den Küsten der kriegführenden Mächte fahren durften, und die Waaren der letztern unter neutraler Flagge unantastbar sein sollten, mit Ausnahme der Contrebande, unter welcher nur Kriegsvorräthe und Waffen zu verstehen. Am 11. Juli übersandte Stolberg die Abschrift „der Erklärung des Hofes von Kopenhagen an die kriegführenden Mächte, die in Uebereinstimmung war mit derjenigen des Hofes von St. Petersburg."

In einer Depesche vom 15. Juli meldet er Folgendes: „Von guter Hand habe ich erfahren, daß ein Kriegsschiff von 50 Kanonen, Mars genannt, das vor einiger Zeit aus dem Sund ausgelaufen — wie man damals behauptete, um in der Nordsee zu kreuzen — für Bergen in Norwegen bestimmt ist. Es soll die zwei Söhne und die zwei Töchter des unglücklichen Prinzen Anton Ulrich von Braunschweig aufnehmen, der vor einigen Jahren in Sibirien gestorben ist. Die Kaiserin von Rußland vertraut sie dem König an, der für sie ein schönes Haus in Horsens in Jütland, das er eben angekauft hat, einrichten läßt."

Es ist hier die Rede von den Geschwistern des Kaisers Iwan Antonowitsch, des Großneffen der Kaiserin Anna, der im Jahr 1740, noch nicht zwei Monate alt, auf den Thron erhoben wurde. Sein Vater, Anton Ulrich Prinz von Braunschweig-Bevern (Onkel des bei Auerstädt tödtlich verwundeten Herzogs Karl Wilhelm Ferdinand), vermählte sich am 3. Juli

1739 mit Anna Leopoldowna, der Nichte der Kaiserin. Schon am 15. November 1741 bestieg Elisabeth Petrowna den Thron. Traurig war nun das Schicksal Jwan's und seiner Familie. Anfangs wollte Elisabeth sie nach der Gränze bringen lassen. Sie waren aber nicht weiter als bis Riga gekommen, als sie angehalten, zuerst nach Dünamünde, dann nach Ranenburg gebracht wurden. Hier ward Jwan von seinen Eltern getrennt, die man nach Cholmogor schickte. Die Mutter starb daselbst 1746, der Vater erst 1775. Von den jüngern Kindern spricht oben Stolberg.

Jwan selbst ward nach Schlüsselburg gebracht und dort in der Citadelle streng bewacht. Tragisch, wie die Geschichte seines Lebens, ist die seines Todes. Eines Tages, im Juli 1764 — Jwan war damals 24 Jahre alt — machte der Leutnant Mirowitz, Kosak von Geburt, der in der Citadelle auf Wache war, den Versuch, ihn zu befreien. Nachdem er die ihm untergebenen Soldaten verführt, begab er sich zum Kommandanten, und drang darauf, daß der Prinz sofort in Freiheit gesetzt werde. Da er sich weigerte, ließ er ihn binden. Er zwang dann den Wächter des Pulvermagazins, seinen Soldaten Munition zu geben. Die Bewegungen, die dies veranlaßte, alarmirten den Hauptmann und den Leutnant, von denen der eine in dem Zimmer war, wo der Prinz schlief, der andere im Vorzimmer. Mirowitz, nachdem er von neuem seine Leute angefeuert, näherte sich den Gemächern des Prinzen, und verlangte, unter den heftigsten Drohungen im Fall der Weigerung, daß der Kaiser, wie er ihn nannte, herausgebracht werde. Als nach einigem Widerstand die beiden Officiere sich in Gefahr sahen, überwältigt zu werden, sagten sie dem Mirowitz, er werde das Leben des Prinzen gefährden, wenn er auf seinem Vorhaben bestände; denn durch ihre Instructionen sei ihnen auf's bestimmteste anbefohlen, ihn zu tödten, im Fall sie nicht stark genug seien, ihn in Haft zu halten. Mirowitz, taub für Alles, was sie ihm vorstellten, stieß die Thüre des Vorzimmers ein; und sie waren nun in die unglückliche Nothwendigkeit gesetzt, auszuführen was ihnen befohlen war. Iwan schlief in seinem Bett; er wachte erst auf bei dem ersten Streich, der nach ihm geführt wurde. Er setzte sich kräftig zur Wehr, so daß einem der Officiere der Säbel zerbrach; und er erhielt acht Wunden, ehe er sein Leben verhauchte. Sie übergaben die Leiche dem Mirowitz und seinen Soldaten, mit den Worten, sie könnten nun mit ihrem Kaiser machen, was sie wollten. Mirowitz ließ die Leiche vor der Wachstube niederlegen, bedeckte sie mit der Fahne, warf sich dann mit seinen Soldaten vor ihr auf die Knie und küßte ihr die Hand. Darauf nahm er seinen Ringkragen, seine Schärpe und seinen Säbel ab, legte sie bei der Leiche nieder; wandte sich dann an Korsakow, den Oberst des Smolenskischen Regiments, das eben ankam; wies auf die Leiche und sagte: „Das ist euer Kaiser! Mit mir könnt ihr machen, was ihr wollt. Ein widriges Geschick hat meine Pläne vereitelt. Ueber mein Loos beklage ich mich nicht; ich beweine das meiner armen Landsleute und das unschuldige Opfer meines Unter= nehmens." Darauf umarmte er seine Unteroffiziere, und ergab sich.

Man fand bei ihm, setzt der Berichterstatter, Lord Buckingham, hinzu, Proklamationen, die die beabsichtigte Befreiung des Prinzen rechtfertigen sollten; und man vermuthet, daß die Prinzessin Daschkow nicht unbetheiligt ist.

Auf die Kaiserin machte das Ereigniß den tiefsten Eindruck. Die Kühnheit des Mirowitz zeigte ihr auf's neue, wozu ihre Unterthanen fähig seien. „Personen, die die Kaiserin oft sehen," heißt es in unserm Bericht, „finden, daß sie sehr niedergeschlagen ist." Mirowitz ward am 20. September zum Tod durch's Rad verurtheilt; die Kaiserin milderte das Urtheil; er ward ent= hauptet.

Ueber die unglückliche Familie schreibt Stolberg noch einmal am 29. October: „Herzog Anton Ulrich von Braunschweig
ist vor fünf Jahren gestorben; und troß aller Mühe, womit
der dänische Gesandte in Petersburg Alles, was man über ihn
erfahren konnte, gesammelt, hat man seinen Tod erst drei Jahre
nachher erfahren. Von den beiden Prinzessinnen ist die ältere vierzig
Jahre alt; sie ist taub. Der ältere Prinz kommt zunächst nach
ihr; er ist fast ganz stumpf. Besser steht es in geistiger und
körperlicher Beziehung mit der zweiten Prinzessin; an ihr und
dem jüngern Prinzen, der fünf und dreißig Jahre alt ist,
bemerkt man nur wenig die Folgen einer vernachlässigten Erziehung in einer langen Gefangenschaft. Aber mit Ausnahme
der zweiten Prinzessin, die deutsch sprechen und schreiben kann,
verstehen sie Alle nur russisch ꝛc. Außer mäßigen Geschenken,
die die Kaiserin den Prinzessinnen gemacht, hat sie gar nichts
beigetragen, sie auszustatten; die Prinzen eben so wenig.
Der König hat die ganze Ausgabe bestritten, die sich auf
4000 Thlr. beläuft, ohne die Ausrüstung der Fregatte zu
rechnen. Aber 32,000 Thlr. hat man in Petersburg für
ihren Unterhalt bestimmt ꝛc. Man ist hier sehr geschmeichelt
durch diesen Beweis des Vertrauens Seitens der Kaiserin; und
glaubt sogar bemerkt zu haben, daß der König von Preußen
darüber eben so erstaunt als eifersüchtig ist. Die Kaiserin hat
mit dem König unterhandelt, ohne Panin in's Vertrauen zu
ziehen, der erst einige Monate nachdem die Unterhandlung an-
geknüpft worden, die ganze Sache erfahren hat.“

Die Spannung zwischen Preußen und Oesterreich, die wir
bei der Reise Kaiser Joseph's II. erwähnt haben, zeigte sich auch,
als es sich darum handelte, daß der Erzherzog Maximilian
Franz, Bruder des Kaisers, zum Coadjutor von Köln und
Münster gewählt werde. König Friedrich II. ließ eine Denkschrift
ausarbeiten, die er dem Pabst übersandte.

Stolberg theilte Holmer eine Abschrift derselben mit.

„Der König," schreibt er am 29. August, „hat sie dem Pabst geschickt, um zu verhindern, daß das Wählbarkeitsbreve zum bischöflichen Stuhl von Münster für den Erzherzog ausgefertigt werde." Der Münstersche Minister Franz von Fürstenberg ging in dieser Angelegenheit Hand in Hand mit dem König von Preußen. Ohne Zweifel ist er bei Abfassung der Denkschrift zu Rath gezogen worden.

Aber die Wahl des Erzherzogs war unterdessen erfolgt, am 7. August zu Köln, am 16. zu Münster; Maria Theresia hatte sie noch erlebt. Auch das Wählbarkeitsbreve blieb nicht aus; Pius VI. bestätigte die Wahl.

Am 6. September schrieb Holmer, daß er mit Stolberg's Depesche vom 29. August die höchst interessante Denkschrift erhalten habe; erzählt ihm dabei, nach Briefen, die ihm aus Wien zugekommen, daß der doppelte Erfolg, den der kaiserliche Hof sowohl in Betreff der russischen Reise Joseph's II. als der Wahl des Erzherzogs erlangt habe, ihn über eine Million Gulden an Bestechungen gekostet. „Das Schönste ist," schließt er, „daß man versichert, der Erzherzog selbst habe seinen Antheil erhalten wie seine Mit=Kapitularen. Der König von Preußen hat es nicht für rathsam gehalten, in gleicher Weise mit so siegreichen Waffen zu manövriren; und die ziemlich beträchtliche Summe, die die vereinigten Niederlande für diesen Zweck opfern wollten, reichte nicht hin, die Wage nach der andern Seite herabzuziehen."

Anfangs October zeigte der Prinz Coadjutor Stolberg an, daß er Pferde, für den Kronprinzen bestimmt, nach Kopenhagen senden werde. Stolberg, der noch auf dem Lande, auf seines Schwagers Besitzung Bernstorff war, antwortete am 17.: „Sobald ich sie, es sei nun in Friedrichsburg oder in Kopenhagen, Sr. königl. Hoheit, dem Kronprinzen werde vorgestellt haben, werde ich die Ehre haben, Euer Durchl. die Ausrichtung Ihrer Befehle zu melden." Am 21. schreibt er, er sei nach Kopenhagen geritten und habe die schönen Pferde in so gutem Stande gefunden, als ob sie nur kleine Spaziergänge gemacht hätten; er werde sie dem Kronprinzen präsentiren, wenn der Hof wieder in Kopenhagen eingezogen sei.

Endlich, am 29. October, wurden die Pferde vorgeführt. Stolberg meldet: „Ich habe heute früh die Ehre gehabt, Sr. königl. Hoheit dem Kronprinzen die Pferde von Euer Durchl. zu präsentiren. Er fand sie sehr schön, und trug mir zu verschiedenen Malen auf, Euer Durchl. seine Freude und Dankbarkeit zu bezeugen. Das Reiten liebt er mit aller jugendlichen Leidenschaft seines Alters, reitet sehr gut und sehr kühn."

Christian an Friedrich Leopold.

Tremsbüttel, den 19. Oct. 1780.

Da hast Du einen Brief von der La Roche. Der gute La Roche hat seine Stelle in dem schönen Coblenz verloren und zieht nach Speier. Er hat über ein Buch, das er nicht geschrieben hat, solchen Verdruß gehabt, daß er seinen Abschied nehmen mußte. Weißt Du, daß auch Fürstenberg den seinigen genommen hat? Der edle Mann hat aus allen Kräften gegen die Wahl des Oesterreichers gearbeitet; endlich bewarb er sich, da ihm viele Domherren ihre Stimme antrugen, um die Coadjutorstelle. Es fehlten ihm nur zwei Stimmen; und diese ließen ihn merken, daß sie Geld, aber viel Geld haben wollten; das konnte er nicht kriegen, und so ging's wie es ging. Ist's begreiflich, daß der alte Friedrich das Geld nicht hergab? Wie hat er hier geizen können?

Diese Nachricht hab' ich in Hamburg gehört; und man behauptete, daß sie völlig gegründet sei. Ich habe nur eine Erscheinung in Hamburg gemacht; und doch hab' ich Zeit gehabt, einen ganzen Vormittag in Altona zu sein. Bei Hensler, der wirklich das Ideal des guten Mannes ist, und bei unserm

Ahlemann, der sich im Herbste des Sommerwetters freute. Er war so dankbar für den Brief, den Kätchen an ihn geschrieben hat. Lebe wohl.

Nun noch eine Nachschrift von Geldsachen. Ich schicke Dir durch Speth 200 Rthlr. an Wendt, für Dich 200, und das sind 400 Rthlr. Du erinnerst Dich, daß ich Dir vorigen Herbst 500 Rthlr. mitbrachte, die ich von Speth geliehen hatte. Diese 500 Rthlr. hab' ich jetzt wieder bezahlt, nämlich im Sommer 300 und nun 200. Du hast also seit dem vorigen Herbst 900 Rthlr. von dem Stolbergischen Gelde gekriegt 2c. Wenn Du aber ja Geld nothwendig bedarfst, so sage es mir, so kann ich Dir doch wohl etwas verschaffen. Ich lebe auch noch immer in ecclesia pressa. Oft stehen mir die Haare zu Berge, und ich sehe den Schlund vor mir, darin ich mich stürzen werde. Es geht über allen Menschen-Sinn und Verstand, wie viele Dinge unser neumodischer modernisirter Mensch bedarf! Lebe wohl, noch einmal bester Fritz. Um Gottes willen sei sparsam. Es ist der einzige Weg zur Freiheit!

C. St.

Während Stolberg in Bernstorff verweilte, und nur gelegentlich, wie wir oben gehört haben, in die Stadt kam, gingen hier wichtige Dinge vor. Der Bruder der Königin, Herzog Ferdinand, verweilte in Kopenhagen. Weshalb er gekommen, in wessen Auftrag er thätig war, erfuhr man erst später.

Am 9. November reiste er von Kopenhagen ab. Die Königin begleitete ihn bis Roeskilde.

Es dauerte nicht lange, so hatte Stolberg über ein Ereigniß zu berichten, das für ihn ein Blitz aus heiterm Himmel war, Bernstorff's Entlassung. Seit dem Jahr 1773, wo er als Minister der auswärtigen Angelegenheiten nach Kopenhagen berufen worden, hatte dieser die Politik Dänemark's geleitet, während die innere Verwaltung des Königreichs gänzlich in Guldberg's Händen war. Noch in diesem Jahre war es Bernstorff, der den Vertrag mit Rußland über die bewaffnete Neutralität zu Stande gebracht.

Stolberg an Holmer.

Kopenhagen, den 14. Nov. 1780.

Vorgestern Nachmittag erhielt der Herr Graf von Bernstorff einen Brief des Königs, worin Se. Majestät ihm erklärt, durch die Umstände genöthigt, ihn bitten zu müssen, seine Entlassung zu verlangen; er versicherte ihn dabei in den lebhaftesten Ausdrücken seiner Hochachtung und gnädigen Gesinnungen. Als er seine Entlassung erhielt, empfing er Briefe des Königs, der Königin und des Prinzen Friedrich, sämmtlich voller Achtungs- und Freundschaftsbezeugungen. Alle beklagten das Zusammentreffen der Umstände, die den König nöthigten, diesen Schritt zu thun.

Es ist der König von Preußen, von dem dieser Schlag herkommt. Französisch gesinnt mit Herz und Seele, trachtet dieser Fürst darnach, Rußland und Dänemark dahin zu bringen, sich mehr für Frankreich als für England zu erklären, statt bei gänzlicher Neutralität zu beharren. Er sah keine Hoffnung, daß Dänemark auf seine Absichten einging, so lange der Graf von Bernstorff an der Spitze der Geschäfte wäre. Der Prinz Ferdinand, Bruder der Königin, hat hier im Sinn des Königs eingewirkt; während ihrerseits der Marquis de la Houze und Herr von Saden aller Wahrscheinlichkeit nach in Uebereinstimmung mit dem Prinzen gehandelt haben. Herr von Saden konnte die Verlegenheit nicht bergen, in welcher er einige Tage vorher sich befand; und man weiß, wie sehr Graf Panin in alle Ansichten des Königs von Preußen eingeht.

Graf Thott, ehrwürdig durch das Verdienst eines langen fleckenlosen und dem Staat gewidmeten Lebens, ist genöthigt worden, das Portefeuille so lange zu übernehmen, bis ein Nachfolger den Grafen von Bernstorff ersetzt. Man wollte Herrn von Schack-Rathlow interimistisch damit beauftragen; aber er hat erklärt, nicht auf eine Viertelstunde werde er es übernehmen. Ich weiß auch, daß er schriftlich die stärksten Vorstellungen zu Gunsten des Grafen von Bernstorff gemacht hat.

Erst jetzt hat man erfahren, daß der König vor 14 Tagen einen Kabinetsbefehl an den Chef der Admiralität Herrn von Kaas erlassen hat, 20 Linienschiffe und 10 Fregatten auszurüsten, ohne daß weder Graf Bernstorff noch Graf Schimmelmann auch nur ein Wort davon gewußt. Der letztere ist in Verzweiflung, und scheint entschlossen, sich bald von den Geschäften zurückzuziehen. Herr v. Rosencrone, der Gesandte in Berlin, ist zum Chef des Departements der auswärtigen Angelegenheiten ernannt, ohne erst Mitglied des Staatsraths geworden zu sein. Er steht nach seinen Gesinnungen und Talenten auf einer noch niedrigern Stufe, als er es seiner Herkunft nach ist. Im Publikum ist diese Wahl noch nicht bekannt.

Die ganze Stadt ist bestürzt, und selbst der Hof verhehlt nicht, daß er es ist. Der gesammte Adel kommt zum Grafen, ihm sein Bedauern auszudrücken. Die Kaufleute fürchten für den Handel, der unter der Administration des Grafen blühend war; der öffentliche Credit leidet schon fühlbar, und gestern sind an der Börse gar keine Geschäfte gemacht worden. Gleichwohl weiß das Publikum noch nichts von der schreckenerregenden Ausrüstung der Schiffe. Die vom vorigen Jahre, die gerade nur halb so stark war, hat alle Matrosen nöthig gehabt, an denen es sogar zu fehlen anfing; und es ist kaum zweifelhaft, daß man genöthigt sein wird, die Kauffahrteischiffe des besten Theils ihrer Bemannung zu berauben.

Man hat verschiedene Vermuthungen über diese Ausrüstung.

Einige glauben, man werde sich bei der geringsten Veranlassung offen gegen England erklären. Andere sind der Meinung, man wolle nur in Uebereinstimmung mit Rußland vor der bewaffneten Neutralität mehr Furcht einflößen. Endlich behauptet man auch, der Hof, dessen gewiß, daß man England erzürnen werde, indem man den Grafen Bernstorff den Interessen Frankreichs opferte, wolle sich in die Lage setzen, von dieser Seite her nichts fürchten zu müssen.

Der König gibt dem Grafen Bernstorff eine Pension von 4000 Thlrn., und von 1000 Thlrn. einem seiner Söhne; ein anderer von seinen Söhnen soll dienstthuender Kammerherr und ein dritter Kapitän bei der berittenen Garde werden.

Der König, die Königin und Prinz Friedrich haben den Grafen dringend gebeten, bis zum Frühjahr hier zu bleiben, damit seine Demission nicht als Ungnade angesehen werde ꝛc.

F. L. St.

Stolberg glaubte bei dieser Lage der Dinge nicht auf seinem Posten bleiben zu können. In dem hier folgenden Briefe, den er der vorstehenden Depesche beilegte, sprach er dies aus.

Stolberg an Holmer.

Mit herzlichem Vertrauen auf die Gnade des besten Fürsten und auf die Güte des edelsten Ministers habe ich dankbar die Stelle angenommen, zu welcher Sie mich beriefen. Mit noch mehr Vertrauen auf die geprüfte Gnade des besten Fürsten, auf die mir unschätzbaren bewährten gütigen Gesinnungen seines edlen Ministers sehe ich mich gezwungen, um meinen Rappel zu bitten. Als Schwager und Freund des verabschiedeten Ministers kann ich, nach meiner Denkungsart, unmöglich an diesem Hofe bleiben, und das um so weniger, da ich dem Interesse meines Fürsten nicht mehr nützlich sein kann, zum wenigsten

weit weniger als ein Anderer, den keine verdächtigen Verbin-
bungen dem hiesigen Hofe unangenehm machen. Dazu kommt,
daß der russische Gesandte, derjenige meiner Collegen, mit dem
ich am meisten de concert arbeiten soll, seit der gemeinschaftlich
verunglückten Negoziazion offenbar mein Feind geworden ist,
weil er wohl hat merken können, daß ich über seinen abandon
Klage geführt habe. Ich bitte wahrlich nicht aus unzeitigem
Ueberdruß um meinen Rappel. Ich danke mit dem gerührtesten
Herzen Euer Exc. für die unzähligen Beweise Ihrer mir ewig
unvergeßlichen Güte und Freundschaft. Ich verdanke Ihnen
und dem besten Fürsten vier Jahre, die ich im Schooß meiner
Familie und mit meinen Freunden zugebracht habe.

Es ist izt Pflicht für mich, diesen Posten zu verlassen, auf
welchem ich meinem Hof nicht nützen kann.

Ich schicke diesen Brief mit der Depesche an einen Nego-
zianten, der mein Freund ist und dafür sorgt, daß er die ersten
Stationen unter einem Kaufmannsconvert läuft. Denn mit
Bernstorff verläßt die öffentliche Sicherheit das Land. Mit
ganzer Seele bin ich, das wissen Euer Exc., Ihnen ergeben.

F. L. Stolberg.

Friedrich Leopold an Christian.

Kopenhagen, den 14. Nov. 80.

Ich werde Dich nicht so bald sehen, wie ich glaubte, aber
öfter, hoffe ich, und auf längere Zeit. Mein Schwager hat
seinen Abschied. Auf ausdrückliches Verlangen des Hofes reist
er erst gegen den Frühling. Der König von Preußen hat
durch den Prinzen Ferdinand die Sache gemacht. Der Hof ist
beschämt, die ganze Stadt bestürzt. Ich bitte heute um meinen
Rappel. Rosencron succedirt ihm. Uebermorgen haben wir Conferenz bei Thott; der gute Greis ist gezwungen worden, das

Portefeuille zu übernehmen; Schack hat es ausdrücklich refüsirt. Viele werden Bernstorff folgen. Die ganze Schimmelmann'sche Familie ist äußerst bestürzt und betrübt. Ich zweifle, daß Baudissin noch etwas bleibt, lange gewiß nicht. Niemand dauert mich so wie Ernst. Die königliche Familie überhäuft Bernstorff mit Freundschaftsprotestationen. — Vor 14 Tagen hat ohne Bernstorff's und Schimmelmann's Wissen Kaas Ordre gekriegt, 20 Kriegsschiffe und 10 Fregatten zu equippiren. — La Houze und Sacken haben wohl mittramirt, vielleicht auch Bismark; die Andern sind furieux.

Ich sehe zwar in eine Art von Nacht, aber im Ganzen ist mir wohl zu Muth 2c. Näher kommen wir uns nun doch gewiß; und wer weiß, ob wir nicht Freuden um uns her werden blühen sehen, an die wir izt nicht denken. — Der alte Schimmelmann hat, sobald er die Ernennung Rosencron's hörte, seinen Rappel als Gesandter verlangt; Reventlow ist sehr unschlüssig, ob er nach Stockholm gehen will, Baudissin fest entschlossen, keinen Posten der Art anzunehmen.

Aber nun komme ich so bald nicht weg. O, könntest Du doch mit Haugwitz, wie Ihr Lust hattet, noch herüberkommen! Vor Ende des Winters werde ich nun wohl nicht gehen. Ich schreibe Dir mit der größten Eile, denn ich muß sehr viel schreiben.

Meinen Rappel kann man mir nicht refüsiren; ich zittere nur für eine Hofcharge oder Amt in Oldenburg; doch hoffe ich da ziemlich gegen arbeiten zu können.

Das Glück Bernstorff's und Puletchen's freut mich unendlich; im stillen Dreilützow und im stillen Tremsbüttel hoffe ich nun oft und viel mich meines Lebens zu freuen.

Bernstorff hat 4000 Rthlr. Pension, einer seiner Söhne (die Wahl dependirte von ihm und er hat Fritz gewählt) hat 1000 Rthlr., Hans wird Kammerjunker, Dres Rittmeister der Garde.

F. L. St.

Am 18. November schreibt er an Holmer: „Vorgestern hat Graf Schimmelmann seine Entlassung verlangt, und er hat sie sogleich erhalten, unter der Bedingung jedoch, mit seinen Erfahrungen und Einsichten noch bei der Ausrüstung der Flotte behülflich zu sein. — Herr v. Karstens, früher Generalprocurator der deutschen Kanzlei, ein ehrenwerther Greis, der alt geworden ist in diesem Collegium, ist an Bernstorff's Stelle zum Director derselben ernannt worden. — Die Indischen Actien sind seit Montag um 20 Procent gefallen. — Herr v. Sacken hat am Mittwoch einen seiner Gesandschaftssecretäre als Kurier nach Petersburg geschickt. Gestern erhielt er einen Kurier mit einem schönen Kästchen für Herrn v. Guldberg, was zu mehrern falschen Vermuthungen Anlaß gegeben hat. Unabhängig von dem, was eben vorgegangen, hat man ihm dies Geschenk gelegentlich des Etablissements der Prinzen von Braunschweig geschickt."

In einer Depesche vom 21. meldet Stolberg Näheres über Bernstorff's Entlassung. Er sandte dieselbe unter der Adresse des Herrn Thiesen, der damals Secretär des Grafen Holmer, später fürstbischöflicher Amtsverwalter in Schwartau war.

Stolberg an Holmer.

Kopenhagen, den 21. Nov. 1780.

Ich wähle diesen Weg zu größerer Sicherheit, für den Fall daß man sich einfallen lassen sollte, die Depeschen der fremden Minister zu öffnen. Die Adresse des Herrn Thiesen kann nicht Verdacht erregen, und eben so wenig das Siegel, dessen ich mich bedienen will.

Die Motive der Entlassung Bernstorff's, so weit ich sie angeben kann, sind diese. Der König von Preußen hat mehrmals Gelegenheit gehabt, anzurennen vor der Festigkeit dieses Ministers.

Immer eine Bahn verfolgend und nur Dänemark's Wohl im Auge haltend, sah Graf Bernstorff sich oft in die Nothwendigkeit versetzt, den Hof von Kopenhagen abzuhalten, in die Ansichten des Königs einzugehen. Dieser hat mit Frankreich einen Tractat geschlossen, worin er sich verpflichtet, ihm zehn Jahre hindurch Schiffbauholz zu liefern, jedes Jahr für zwei Millionen Thaler. Er wollte, daß der Hof hiesige Kaufleute ermächtige, den Holz= transport zu übernehmen. Dem widersetzte sich Graf Bernstorff, indem er bemerklich machte, daß man, ohne die Neutralität zu verletzen, für die man sich erklärt hat, den militärischen Be= dürfnissen einer der kriegführenden Mächte nicht Mittel herbei= schaffen dürfe. Ueber die Vereitelung seines Vorhabens auf's äußerste verletzt, hat der König von Preußen auf eine Gelegen= heit gelauert, dem Grafen zu schaden, und eine solche stellte sich bald genug ein.

Im Handelsvertrag zwischen England und Dänemark war der Artikel, die Contrebande betreffend, welche die Schiffe der einen Macht den Feinden der andern nicht verschaffen sollten, Gegenstand vager und endloser Erörterungen geworden. Der schwächere Theil hatte den Nachtheil davon; England nahm den Dänen mehrere Schiffe weg. Seit drei Jahren hatten die beiden Höfe darüber in's Reine zu kommen gesucht; aber England beeilte sich dabei keineswegs; und gestattete unterdessen fort= während seinen Caperschiffen, Beute zu machen, gestützt auf die Unsicherheit der Rechte Dänemark's. Lord Suffolk's Tod brachte neue Verzögerung. Endlich, vorigen Sommer, verständigte man sich über jenen Artikel, in einer Weise die Dänemark nichts zu wünschen übrig ließ; indem der Handel seiner Kaufleute gesichert wurde gegen die Angriffe der Englischen Caper, den einzigen Fall ausgenommen, daß man dem Feind Kriegsbedarf, als Waffen, Tauwerk, Schiffsbauholz 2c. liefern wollte. Diese neue Convention ward geschlossen, zur Zeit wo die drei nordischen Mächte ihr Project einer bewaffneten Neutralität veröffentlichten.

Graf Bernstorff begnügte sich, den beiden andern Höfen die Convention mitzutheilen; und handelte, ohne sie zu Rath zu ziehen. Man wußte es dahin zu bringen, daß dieser Schritt in einem für Rußland gehässigen Lichte angesehen wurde; und benutzte den Moment, um dem Hofe von Petersburg, demjenigen von allen Höfen Europa's, der am meisten eifersüchtig in Betreff seines Einflusses ist, Mißtrauen einzuflößen.

Der Hof von Kopenhagen fühlte sich nicht stark genug, dem Andringen, das von zwei Seiten auf einmal kam, zu widerstehen.

Voll Hochachtung für den Grafen, sah er zugleich in ihm den einzigen Mann, der unerschütterlich war jeder Gunst sowohl als Ungnade gegenüber. Nie von seinen Grundsätzen abweichend, hatte er oft mißfallen; und da er nie eine Blöße gab, reizte er um so mehr die Ungeduld derer, die ihm schaden wollten.

Allgemein ist der Unmuth des Publikums. Mehrere Kaufleute, die auf Unternehmungen sich einzulassen versprochen hatten, haben dem Hofe erklärt, daß sie auf ihr Vorhaben verzichteten. Ein überzähliges Schiff der ostindischen Compagnie sollte bemannt werden. Die Gesellschaft wollte die Ruhestörung in Europa benutzen, um mehr Geschäfte zu machen als bisher; aber jetzt hat sie den dazu gegebenen Befehl zurückgenommen. Der Hof ist sehr empfindlich über die Entmuthigung der Kaufleute, die man als bösen Willen ansieht.

Graf Panin und Herr v. Ostermann mißbilligen öffentlich und tadeln die Prätentionen des Herrn v. Mestmacher dem Herrn Grafen v. Moltke gegenüber; und haben ihm darüber in einer Weise, die nicht ganz angenehm ist, ihre Meinung ausgesprochen.

Die deutsche Kanzlei hat mir die Papiere übergeben lassen, die ich vom Grafen von Bernstorff zu fordern den Befehl hatte. Ich bitte Ew. Exc. mir die Weisung zu geben, ob ich sie sogleich schicken, und wohin ich sie adressiren soll ꝛc.

F. L. Stolberg.

In dem hier folgenden vertraulichen Schreiben antwortet der Minister sowohl auf die Depeschen vom 14. und 18. als auch auf das der erstern beiliegende Entlassungsgesuch.

Holmer an Stolberg.

Eutin, den 23. November 1780.

Mein sehr geschätzter Freund! Wie sehr die in ihrem Schreiben vom 14. d. M. und dessen Beilage enthaltenen Nachrichten mich geschmerzt haben, davon bedürfen Sie wohl keiner weitern Versicherung, als die Ihnen die Ueberzeugung von meiner zärtlichen Freundschaft und die Kenntniß meines Herzens geben kann.

Schon seit einiger Zeit hatte ich beim Prinzen Coadjutor, bei Mestmacher und selbst aus verschiedenen an mich eingegangenen Briefen aus Petersburg gemerkt, daß man dorten mit B. unzufrieden war. Man beschuldigte ihn einer gar zu unbiegsamen Anhänglichkeit an seine einmal gefaßten Meinungen, und schien auch daraus den üblen Erfolg unsrer verunglückten Zoll-Negoziation herleiten zu wollen. Allein daß diese Unzufriedenheit sich so weit erstrecken sollte, um die Entfernung eines durch so viele tiefe Kenntnisse und edle Züge des Herzens sich auszeichnenden Ministers zu arbeiten, hätte ich mir nie in den Sinn kommen lassen. Daß es aber Mestmacher hier gewußt hat, wird mir izt aus verschiedenen Umständen mehr als wahrscheinlich.

Mit vorgestriger Post habe ich Ihnen, mein geschätzter Freund, einen kurzen ministeriellen Brief geschrieben; und mir würde es recht lieb sein, wenn er wäre aufgebrochen worden. Die Erlaubniß des Herzogs, daß Ew. Hochgeboren von dem schon vorhin erhaltenen Urlaub zur Abwesenheit von Ihrem Posten Gebrauch machen können, antwortet nur indirect auf Dero Zurückberufungsgesuch. Hier will ich mich offenherziger darüber erklären. Der Beweggrund, aus welchem Sie um ihren Rappel bitten, mein liebster Freund, macht Ihrem Herzen Ehre; aber Sie sind seiner ersten edlen Aufwallung gefolgt. Erlauben Sie, daß die kältere überlegende Freundschaft wegsamer zu Werke gehe. Es ist dabei nichts versehen, wenn wir diese Ent= schließung, die Ihnen noch immer offen bleibt, etwas aussetzen.

Bedenken Sie nur, ob es nicht gerade so viel sein würde, als wenn wir sagten: Wir haben den Mann bloß deswegen gewählt, weil er der Schwager des ersten Ministers war; jetzt da dieser nicht mehr am Ruder ist, erwarten wir nicht weiter, daß sein Schwager uns nützliche Dienste leisten könne, und also rufen wir ihn zurück! Es würde dieses Procédé vielleicht dem Hofe auffallend werden, gewiß aber eine Ungerechtigkeit gegen Sie sein.

Kommen Sie also erst auf ein paar Monate zu uns, mein Bester, und dann, wann die Umstände mittlerweile keine andre Wendung genommen haben, können wir nach vertraulicher Ueberlegung, was am besten zu thun sein wird, allezeit zu dieser Entschließung schreiten. Sie sehen also, die zärtlichste Freundschaft bestimmte diesen Aufschub.

Ehegestern habe ich Ew. Hochgeboren zwote Depesche vom 18. erhalten. Die eingewilligte Entlassung des Grafen Schim= melmann nimmt mich sehr Wunder. Wie will man den Mann mit dem Gelde, den, der im eigentlichen Verstande die ganzen Kräfte der Monarchie gelenkt hat, und sich das Geheimniß der Haupttriebfedern immer vorbehielt, entbehren? Unstreitig muß man izt noch unzähligen Veränderungen, die sich in alle einzelnen Zweige der Administration erstrecken werden, entgegensehen.

Ich schicke diesen Brief über Hamburg, mein würdiger Freund, und lasse ihn unter einem unbemerkten Umschlag gehen, um ihn einer unberufenen Neugierde zu entziehen. Mit ungedul= digem Verlangen sehe ich izt posttäglich Nachrichten von Ihnen entgegen, bis Sie mir Ihre Abreise melden. Wird aber der rechtschaffene und beleidigte B. sich entschließen können, den Winter in oder bei Kopenhagen zuzubringen? Ich werde Ihnen sehr Vieles zu sagen haben, wenn wir uns wiedersehen. Leben Sie wohl, liebster Stolberg. Sie wissen, wie uneingeschränkt Sie auf meine unveränderte Freundschaft rechnen können."

Stolberg hatte diesen Brief noch nicht erhalten, als er in einer Depesche vom 25. noch einmal über die Stimmung der Hauptstadt und des Landes berichtete. „Das Publikum beruhigt sich nicht, die ostindischen Aktien steigen nicht, jedermann ist beunruhigt, die Klagen in den Provinzen rufen mit jedem neuen Kurier den Schmerz der Stadt wach. Die Volksstimme bestimmt dem Grafen Bernstorff bald die Würde eines Großkanzlers, bald die Stelle als Gouverneur des Kronprinzen."

Am Schluß derselben schreibt er: „Sehr dankbar für die Güte des Herzogs, der mir erlaubte, sogleich den Urlaub anzutreten, der mir bewilligt worden, wage ich zu bitten, noch den größten Theil des Winters hier bleiben zu dürfen und später die gnädigst ertheilte Erlaubniß zu benutzen. Der Augenblick ist kritisch, vielleicht sind wir am Vorabend großer Ereignisse, und es würde mich freuen, interessante Thatsachen zu beobachten."

Am 1. December reiste der Prinz Coadjutor nach Montbéliard. Seine Braut, die einige Zeit leidend gewesen, fand er vollkommen wiederhergestellt. Wenige Tage vor seiner Abreise sandte Stolberg einen Brief an ihn, den er einem Schreiben an Holmer beilegte, und der ihm nachgeschickt werden mußte. Beide Briefe lassen wir hier folgen.

Stolberg an Holmer.

Kopenhagen, den 28. November 1780.

Eh' ich Euer Excellenz so sehr gütigen Brief vom 23. erhielt, verstand ich schon Ihr Stillschweigen über meinen Rappel in

Ihrer letzten Depesche; legte mir das so aus wie es gemeint war; fühlte mich durchdrungen von der zärtlichsten Dankbarkeit; und würde, wenn Sie mir auch den letzten Brief nicht geschrieben hätten, doch aus der Fülle meines gerührten Herzen an Sie geschrieben haben.

Ob ich gleich immer noch sehr wünsche, zurückberufen zu werden, so ist doch die Ausführung meines Wunsches, welche Ew. Excellenz für mich ersinnen, mir weit lieber als mein eigener übereilender Plan es war. Ich werde auch mit mehr agrément die Wintermonate hier zubringen, wenn man nicht weiß, daß ich in der Absicht, nie wieder herzukommen, das Land verlasse.

Endlich, und das ist mir entscheidend, ist mir sehr lieb, mich ganz der Leitung meines edlen und erleuchteten Freundes zu überlassen. Ich thue das mit einem Zutrauen in Ew. Excellenz, dessen Umfang ich mit Worten nicht ausdrücken kann.

Man erwartet hier noch die letzte Division der russischen Flotte, welche in Kopenhagen überwintern wird. Man hat die Mannschaft, welche bei 4000 Mann stark sein wird, in die Stadt einquartieren wollen; die Bürgerschaft hat aber so starke Vorstellungen dagegen gemacht, daß man dieser Idee entsagt hat. Indessen hat man den Russen zugestanden, auf einem großen neuangelegten Exerzierplatz innerhalb der Stadt Baraquen zu bauen, mit welcher Arbeit schon der Anfang gemacht worden.

Der Staatssekretär Guldberg ist Geheimer Rath geworden. — Man sagt, der Graf Marschall, welcher ein Begleiter des Prinzen Ferdinand ist, werde als dänischer Gesandter nach Berlin gehen.

Ich bitte Ew. Excellenz unterthänig, die Einlage an den Grafen Schmettau, in welcher auch an den Prinzen ein Brief liegt, gütigst zu besorgen. Ich bin mit der zärtlichsten Ehrfurcht Ihnen ganz ergeben.

F. L. Stolberg.

Stolberg an den Coadjutor.

Kopenhagen, den 28. November 1780.

Durchlauchtigster Herzog ꝛc. Sobald ich Euer Durchlaucht gnädiges Schreiben erhalten hatte, besorgte ich die Einlage an den Herrn von Eichstedt.

Der angenehme Zweck der Reise, welche Ew. Durchlaucht izt machen, wird Ihnen die Beschwerden des Weges und der Jahrszeit nicht nur erleichtern sondern auch versüßen. Nur fürchte ich, daß Ew. Durchlaucht Ihre durch die letzte Krankheit geschwächten Kräfte durch diese Winterreise sehr angreifen; und wünsche von Herzen zu hören, daß Sie sich in der Fülle Ihrer vorigen Gesundheit wieder so stark fühlen mögen als jemals ꝛc.

Friedrich Leopold an Christian.

Dein Brief, voll Freude darüber, daß bald keine Meere uns trennen werden, und überwallend von Liebe, hat mich innig gerührt. Dein Plan für mich war auch gleich der meinige, und ist's, und wird's bleiben, bis ich ihn ausführe. O, war es nicht immer unser Herzenswunsch, in einem Hause zu leben; und wie still und ungestört wäre das Beisammensein, in Deiner friedlichen Hütte!

Aber noch weiß ich nicht, was mein Hof beschließet. Ein Amt in Oldenburg würde mich unglücklich machen; viel lieber blieb' ich in Eutin als Oberschenk mit einer Pension. Kann ich aber die Pension kriegen und leben wo ich will, o so fliege ich zu Dir, das versteht sich. Hätte ich keine Schulden, so früge ich nichts nach der Pension; mit dem Stolbergischen Gelde könnte ich auskommen; aber so ist das nicht möglich.

Holmer hat sich wieder sehr als Freund gezeigt. Ich begleitete meine erste Depesche von Bernstorff's Abschied mit einem Briefe, in welchem ich geradezu den Rappel verlangte.

Er beantwortete die Depesche, erwähnte des Rappels nicht, sagte mir aber, nun stünde mir frei, nach Eutin zu kommen, wann ich wollte. Gestern erhielt ich einen Brief von ihm. Er schreibt mir, er habe nicht von meinem Briefe beim Herzog Gebrauch machen wollen, damit ich immer Herr bliebe, zu thun was ich wollte. Ich könnte meinen Rappel dann ja immer kriegen; für's erste möchte ich absehen, welch ein Ende die Sache nähme.

Wenn ich nun im Frühjahr par congé weggehe, so hoffe ich meine Gage zu behalten, bis ein Andrer ernannt wird. Linchen und Ernst machen mir das Herz schwer; für Ernst sehe ich gar keinen Ausweg 2c.

O, daß mein süßester Wunsch erfüllt würde! Müde von Stadt und Hof, die ich immer gehaßt habe und nun noch weit mehr hasse, die mir zuwider sind wie Rhabarber, den ich mit Löffeln gegessen hätte, würde ich fliehen unter Dein Dach, und bald bald jede noch übrige Uebligkeit und Bauchgrimmen und Rhabarbergeschmack loswerden. O rus, quando ego te aspiciam etc.

Ich umarme Dich, Luise, Gustelchen und Haugwitz tausendmal, grüße auch die Haugwitzen.

F. L. Stolberg.

Einer Depesche vom 5. December ist ein vertraulicher Brief beigelegt. „Ob Schimmelmann bleibt," heißt es darin, „oder nicht, kann kein Mensch wissen, er selbst nicht, der Hof nicht. Denn der Hof weiß nicht, wie dringend vielleicht bald die Nothwendigkeit sein wird, ihn zu haben; und er weiß nicht, wie weit diese dringende Nothwendigkeit den Hof treiben wird. So viel ist gewiß, daß er, um nicht dem Credit plötzlich zu sehr zu schaden, versprochen hat, nicht zu gestehen, daß er seinen Abschied gefordert habe; indessen weiß es jedermann. — Man ist argwöhnischer und von schlimmerer Laune, als man je gewesen ist; die allgemeine Unzufriedenheit über Bernstorff's

Abschied und die Furcht, Schimmelmann zu verlieren, ist hiervon die natürliche Ursache 2c."

Stolberg's Nachrichten über Bernstorff und die Folgen seiner Entlassung hören nun auf. Ein härterer Schlag sollte ihn treffen. Er erhielt die Nachricht vom Tod seines Bruders Magnus, der in Kiel im Duell erstochen worden.

Holmer an Stolberg.

Eutin, den 15. December 1780.

Mein würdiger und geschätzter Freund! Sie werden beim Empfang dieses Briefes wahrscheinlich schon eine Nachricht aus Kiel bekommen haben, die das Innerste Ihres fühlenden Herzens erschüttern wird. Wenn die innige Theilnehmung der zärtlichsten Freundschaft dergleichen Wunden zu heilen fähig wäre, so müßten sie es von der meinigen erwarten, mein Bester, die sich so ganz in die Empfindung der Leiden versetzen kann, welche das Unglück eines geliebten Bruders natürlicher Weise in ihrer Seele erregen muß. Vielleicht ist die Nachricht von seinem Ableben zu frühzeitig und durch seine äußerst gefährliche Verwundung veranlaßt worden. Wie gern möchte ich mir noch mit dieser schwachen Hoffnung schmeicheln! Der junge Liefländer, Namens v. Eichstädt, mit dem er die Händel gehabt und der sie so unglücklich gerächt hat, ist hier diesen Vormittag nahe bei der Stadt eingeholt und nach der hiesigen Schloßwache in Verwahrung gebracht worden, wo er genau bewacht wird, bis man ihn von Kiel abholen läßt. Auch dies ist ein ganz besondrer Zufall. Ich bin so gerührt, meine Sinne sind so zerstreut, daß ich Ew. Hochgeboren nicht weiter zu schreiben vermögend bin; ich kann nur mit Ihnen weinen. Fassen Sie sich, mein bester Freund! Eine Begebenheit, so traurig wie diese, fordert alle Standhaftigkeit auf, die Vernunft und Religion gewähren können.

Stolberg an Holmer.

Kopenhagen, den 19. December 1780.

Ew. Excellenz haben dafür gesorgt, daß selbst im traurigen Augenblick, da ich die Nachricht vom Tod meines armen Bruders erfuhr, der Trost des freundschaftlichen edelsten Antheils mir einige Erquickung gab. Ich danke Ihnen dafür mit der innigsten Zärtlichkeit!

In der ersten Blüthe seiner frischen Jugend ist mir dieser Bruder auf die traurigste Art entrissen worden. Er war nichts weniger als querelleur, aber sehr hitzig; und ich darf sagen, daß er die Furcht nicht kannte. So traurig auch die Art seines Todes ist, beruhigt mich doch die Hoffnung, daß der Allbarmherzige mehr auf das Leben des gutartigen Jünglings als die Uebereilung eines Augenblicks sehen werde.

Ich lege hier eine genealogische Tafel des unglücklichen Herzogs Anton Ulrich bei. — Gestern sind nicht weniger als vierzehn Obersten und Generalmajors ernannt worden.

Sie wissen, wie ganz ich der Ihrige bin.

F. L. Stolberg.

Holmer an Stolberg.

Eutin, den 19. December 1780.

Wie ungern, mein bester Freund, berühre ich abermals die höchst unglückliche Begebenheit, die ich vorigen Freitag Ihnen nicht verhehlen durfte und davon Sie nun den ganzen traurigen Aufschluß haben werden. Aber meine ganze Seele ist voll davon, und im Mitgefühl des Leidens glaube ich, daß es einigermaßen Beruhigung für Sie werden wird, sich einige Augenblicke mit Ihrem Freunde über die Quelle desselben zu unterhalten. Nicht nur die Erzählung, welche der junge Eichstädt hier im Arrest von allen Umständen dieser schrecklichen Begebenheit gemacht hat, sondern alle bisherigen fremden Nachrichten aus Kiel stimmen darin überein, daß Ihr armer Bruder, der sich in der letzten Zeit überhaupt der Hitze seines Temperaments gar zu sehr überlassen haben soll, mit fast unbegrenzter Heftigkeit in sein Unglück gerennt ist. Leider ist der gute edle Jüngling nur zu bitter dafür bestraft worden. Allein wenn diese Umstände zu= sammengenommen w a h r sind, so ist auch sein unglücklicher Gegner mehr bedauernswürdig als strafbar. Hier war es unsere Sache nicht, dies zu untersuchen. Der junge Mensch ist vorgestern an der Grenze des Bisthums der von Kiel zu seiner Abholung geschickten Wache ausgeliefert, und sofort, wie ich vernehme, k r e u z w e i s e g e s c h l o s s e n in strenge Verwahrung gebracht worden. Dies Alles ist der Ordnung und den Gesetzen gemäß; aber wenn seine Entschuldigungsgründe sich bestätigen, wenn er hiernächst im Stande sein sollte, selbst die Wahrscheinlichkeit einer bos= haften Absicht von sich zu entfernen: o, dann werden Sie, mein bester Freund, und Ihr würdiger Herr Schwager gewiß die ersten sein, für den Unglücklichen ein kräftiges Fürwort einzu= legen; und dieser Zug wird das Gemälde Ihres beiderseitigen edelmüthigen und menschenliebenden Charakters vollenden.

Die schnelle Entweichung der beiden Sekundanten, wovon wenigstens der eine die Pflicht hatte, Ihrem tödtlich verwundeten Bruder die schleunigst mögliche Hülfe zu verschaffen, finde ich abscheulich.

H o l m e r.

Den Nachrichten, die Holmer erhalten hatte, stellen wir die des damaligen Kanzlers der Universität Kiel, frühern Hof= predigers in Kopenhagen, Johann Andreas Cramer, entgegen, die doch anders lauten.

Wir entnehmen sie den „Erinnerungen" der Gräfin Julia, aus denen wir auch schon oben die Nachricht über den traurigen Ausgang des Duells mitgetheilt haben.

Cramer schreibt ihr: „Ich erhalte so eben Nachrichten, die Alles bestätigen, was ich Ihnen Tröstliches zu sagen gesucht habe. Alles was selbst der Mörder ausgesagt hat, beweist, daß Ihr mit Recht so beweinter Bruder so unschuldig gewesen ist, als man bei den so allgemeinen Vorurtheilen von Ehre sein kann. Er hat gar keinen Anlaß gegeben; er hat nicht herausgefordert; er hat sich auf alle Weise großmüthig dabei benommen; er ist so sehr dazu gereizt und gedrungen worden, als nur geschehen konnte; es scheint wider alle Abrede dabei gehandelt worden zu sein; er hat nach dem Empfang der tödtlichen Wunde vergeben, den Mörder getröstet, und als er nicht mehr sprechen konnte, hat er die Augen in die Höhe erhoben; ist auch, nach allen Aussagen, frei von Zorn gewesen, sehr nachdenkend und ruhig, und hat sich nur von der Idee überwältigen lassen, seinen Muth nicht in Zweifel setzen zu lassen."

Gräfin Julia berichtet weiter: „Meine Geschwister trauerten mit mir in meiner Seele; sie wußten, wie er von der Wiege an mein Liebstes auf Erden gewesen war und mein treuster Freund. Käthchen besonders gab sich viele Mühe, mir den Verlust zu ersetzen, und ward meine treue Freundin bis an den Tod."

Stolberg's Antwort auf Holmer's Brief ist vom 23. Er erwähnt darin eines Zwistes mit dem russischen Gesandten v. Sacken. Schon am 12. hatte er über das ungehörige Benehmen desselben geschrieben. „Herr von Sacken," meldet er, „gibt am Freitag ein diplomatisches Diner, wozu alle Gesandten eingeladen sind; nur mich einzuladen hat er nicht für angemessen gehalten. Das Urtheil meiner Kollegen hierüber tröstet mich über Sacken's Benehmen."

Holmer hatte in einer, zugleich mit seinem vertraulichen Schreiben abgegangenen Depesche darauf geantwortet, in seiner verständigen Weise ihn zu beruhigen gesucht.

Stolberg an Holmer.

Kopenhagen, den 23. December 1780.

Ew. Excellenz verkennen mich und meinen Schwager nicht, wenn Sie versichert sind, daß das Schicksal des Unglücklichen, welcher meinen armen Bruder erstochen hat, uns nahe geht.

Ich wünsche nichts mehr, als daß er im Stande sein möge, den Verdacht der Bosheit, welcher ihn nur zu sehr zu treffen scheint, von sich abwenden zu können. Alsdann werde ich mit Eifer für ihn intercediren, und den Willen eines sterbenden Bruders zu erfüllen glauben, welcher in der letzten Minute seines Lebens diesem Unglücklichen verziehen hat.

Mein Bruder war wahrlich sanft und gut, nicht auffahrend und noch weniger zänkisch. Er duldete nur keinen Trug, und versah sich keiner Arglist. Der Umstand, daß Eichstädt beide Sekundanten mit sich gebracht, und diese meinen in seinem Blut schwimmenden Bruder zugleich mit dem Thäter verlassen haben, scheint mir schrecklich.

Ich weiß, daß ich mich in der Zwistigkeit mit dem Baron Sacken Euer Exc. gütiger Beurtheilung versehen darf. Sie kennen mich genug, um zu wissen, daß ich nicht nur weit entfernt gewesen bin, bei dem russischen Minister Anlaß zu einer gegründeten Unzufriedenheit zu geben, sondern auch Alles gethan habe, um wieder in ein gutes Verständniß mit ihm zu kommen, was ich thun konnte. Aber ich kann Ew. Exc. versichern, daß Sie den persönlichen Charakter des Baron Sacken kennen müßten, um ganz davon überzeugt werden zu können, wie unmöglich es mir ist, izt noch einen Schritt zur Aussöhnung zu thun. Trotzend wo er glaubt, es sein zu können, und furchtsam wenn man ihn Ueberlegenheit in irgend einer Art sehen läßt, wird er schon selbst mich wieder suchen; und aus Pflicht, aus Ehrfurcht für unsern Herzog und für Euer

Exc. werde ich mich dann finden lassen; da ich hingegen ver=
sichert sein kann, daß er siebenmal unerträglicher werden würde,
wenn ich, der ich rein gegen ihn gehandelt habe, mich um seine
Gunst bemühen wollte. Der französische Gesandte, der einzige
welcher für ihn mit mir gesprochen hat, sieht nunmehr ein,
daß ich unschuldig an dem Mißverständnisse bin. Alle andern
sind ganz auf meiner Seite.

Ich bezeuge Ew. Exc. auf meine Ehre, daß ich mir keiner
zu großen Empfindlichkeit hierbei bewußt bin, sondern daß
gerechter Eifer für das Ansehen und die Unabhängigkeit unsres
Hofes den ersten Grund zu unserer Entzweiung gegeben hat,
und daß ich gewiß leicht sein Freund sein könnte, wenn ich als
oldenburgischer Gesandter den Ton von ihm dulden könnte, den
er als russischer Gesandter gern annähme c.

F. L. Stolberg.

Friedrich Leopold an Christian.

Kopenhagen, den 30. Dec. 80.

Es freut mich, daß wir Beide eine Idee gehabt haben.
Wir müssen für den unglücklichen Eichstädt intercediren, wenn es
irgend möglich ist. So gut als ihn hätte unsern Bruder das
Unglück treffen können, der Ueberlebende zu sein. Er ist erst
neunzehn Jahre alt; er hat einen alten Vater, vielleicht eine
Mutter und Geschwister. Gesetze sind und müssen taub sein
gegen das Flehen der Mutter und Geschwister; aber diejenigen,
welche die Macht in Händen haben, dürfen und müssen in ein=
zelnen Fällen oft die Strenge der Gesetze mildern. Ich denke,
daß mein Schwager Dir heute schreiben wird. Seine Meinung
ist erst abzuwarten, bis wir durch den Rapport des Inter=
rogatorii an die deutsche Kanzlei au fait der Sache sein werden.
Wenn sich dann findet, daß der Unglückliche nicht böslich ge=
handelt hat, so laß uns für ihn bitten.

Ich will gern Sacken (seit acht Wochen sprechen und grüßen wir uns nicht), wenn es helfen kann, bitten, sich seines Landsmannes anzunehmen. Doch ich hoffe, wir werden leicht die Kanzlei auf unsre Seite kriegen, und wenn sie die Milderung des Urtheils vorschlägt, so erfolgt sie gewiß. — Morgen reisen Julchen und Reventlow von hier; der Abschied von ihnen geht mir sehr nahe zc. Ich umarme Dich, Luise und Haugwitz tausendmal; grüße sein liebes Weibchen.

F. L. St.

In einer Depesche an Holmer war Stolberg noch einmal auf Bernstorff's Entlassung zurückgekommen. „Ich weiß durch Briefe des englischen Gesandten in Petersburg, Herrn Harris", schreibt er am 6. Januar, „daß die russische Kaiserin sehr unangenehm davon berührt war, daß man dem Grafen Bernstorff seine Demission gegeben; daß sie eine sehr lebhafte Erörterung darüber mit dem Grafen Panin gehabt, und ihn gefragt hat, ob er, indem er dem Grafen Bernstorff geschadet, sich ihres Namens bedient habe. Der Graf hat sich auf die Befehle berufen, die Herrn von Sacken gegeben worden, und auf die Depeschen dieses Gesandten. Man weiß aber, daß der dänische Geschäftsträger in Petersburg, Herr von Schumacher, gegen den Grafen Bernstorff heimlich Intriguen angezettelt hat, und daß er das Werkzeug derer gewesen, die sich hüteten, mit ihrer Unterschrift sich bloszustellen, in einer Angelegenheit, wobei sie Gefahr liefen, daß ihr Benehmen von ihrer Souveränin mißbilligt werde."

Doch wenden wir uns einen Augenblick ab von den Depeschen, und lesen in Briefen, die seinem Herzen entquollen sind.

Friedrich Leopold an Christian.

Kopenhagen, den 13. Januar 1781.

Diesen Augenblick laß' ich, um mit Dir zu schwatzen, den Vorhang vor der schönen Scene im Hamlet, wo der Geist dem

Sohn erscheint, fallen. Es ist doch wunderbar und schön, daß ich in meiner Stube sitzend, an einem neblichten Tage, mich auf den Altan von Kronenburg, und von da hin zu Dir versetzen, mich in den Born der Vorzeit, der so oft in sein stärkendes Bad mich genommen, tauchen, Geister der Todten beschwören, die Höhen der Zukunft erfliegen, und in diesem Augenblick Dich umarmen kann!

Mit Dir hinfort oft und viel diese Pfade zu wallen auf dem Zaubergefilde der Phantasei, oder am Strom der Vorzeit, oder auf den Höhen der Zukunft, bald geleitet an der Erinnerung und bald an der Hoffnung Hand, und dann oft im Gefühl des Beisammenseins und der gegenwärtigen Zeit, freudig ruhen, „Müden Pilgern gleich, auf die Stäbe gelehnt." Das ist mir eine sehr süße Vorstellung! Ach, wenn wir, wie ehmals in den Alpen, Pfade wallen, die Andre abschrecken, uns vertraulich einladen, wie damals so ganz natürlich mit dem Stabe in der Hand, Gefilde besuchen, die uns heimisch, Andern chimärisch sind.

Ist Haugwitz noch so ein Freund des Badens? Sag' ihm, ich hätte den 1. Januar dieses Jahres in der Nordsee gebadet. — Von Neuigkeiten fällt mir nichts ein, vielmehr das sehr alte, izt aber erneute: There is something rotten in the state of Denmark. — Von Julchen und Reventlow haben wir durch den Harfenisten Kirchhof, der sie 25 schwedische Meilen jenseits Helsingborg gesehen hat, gute Nachrichten. Lebe wohl, ich umarme Dich, Luise, Haugwitz und Lotte tausendmal. Grüße auch herzlich das liebe Weibchen, auf dessen Bekanntschaft ich mich von ganzer Seele freue.

F. L. Stolberg.

Haugwitz und seine Frau waren in Tremsbüttel, wo sie noch längere Zeit verweilten. Letztere war damals ihren Wochen ganz nahe, wie wir aus dem hier folgenden Briefe sehen.

Friedrich Leopold an Christian.

Kopenhagen, den 20. Januar 1781.

Ich freue mich von ganzem Herzen der glücklichen Ent= bindung unsrer lieben Wöchnerin, und sehe mit Verlangen guten Nachrichten von ihrem Befinden entgegen. Wie wird unser Haugwitz sich glücklich fühlen! Gott überschütte mit seinem Segen das Kind unsres Haugwitz! Weder für diese Kleine, noch für Alle die ich liebe, auch für Dich, bitte ich nicht um langes Leben, nicht um Freuden des Lebens, die mit ihm hin= welken, und oft noch früher; ich bitte nur im Allgemeinen um Gnade, Barmherzigkeit und Heil für sie Alle, für Dich und mich.

Ich weiß, daß man um Leben und Gesundheit und dergl. für sich und Andere bitten darf; ich aber habe es nie thun können, konnte es selbst nicht thun, als unsre süße Emilia krank war; konnte nur bitten, daß Gott seine Gnade über sie schütten möchte, ach über sie, deren Segen ich mehr bedurfte als sie meines Gebets!

Ich verlange nach Nachrichten von Gustchen — auch um ihr Leben bitte ich nicht — die heutigen sind sehr gut.

Die hundert Dukaten an Ehlers freuen mich; ich wollte, daß wir mehr thun könnten. Ich danke Dir, daß Du gleich für mich mithandeltest; doch das verstand sich von selbst, und bedarf unter uns beiden keines Dankes.

Mehr, o weit mehr als ich Dir sagen kann, aber nicht mehr, das weiß ich, als auch Du es empfindest, ist's mir im Augenblick der Ruhe Wonne, und im Augenblick der Traurig= keit mächtiger Trost, daß wir zusammen durch's Leben wallen, und ewig in einer Verbindung, die schon hier einzig in ihrer Art war, leben werden. Ich drücke Dich fest an mein Herz. Umarme Luise, Lotte, Haugwitz und grüße die liebe Wöchnerin.

F. L. Stolberg.

Friedrich Leopold an Christian.

Kopenhagen, den 23. Jan. 81.

Ich danke Dir herzlich für Deinen lieben Brief aus Uetersen, welcher mich in mehr als einer Absicht sehr erfreut hat. Ich darf nun mit Zuversicht hoffen, daß auch diese Erschütterung der Gesundheit unsres Gustchens keinen bleibenden Schaden anrichten werde. Wie wird Dein Besuch sie erquickt haben!

Es betrübt mich, was Du mir von Basedow sagst, und, um des Einflusses willen, noch mehr was Du von Jerusalem sagst. Auch mir scheint in unsern verderbten Zeiten nichts verderblicher als die Bemühungen unsrer Theologen, den heiligen Schleier zu heben, den Gott über sich und Vieles in der Religion verbreitet hat.

Unser lieber Cramer ist rein geblieben von dieser neuen Verfeinerung; er hat geprüft, prüft und glaubt.

Was mir am unbegreiflichsten ist, ist daß man eben die klarsten und tröstlichsten Lehren anficht. Sie in Gottes Wort zu finden, dazu scheint mir nur gerader Menschenverstand zu gehören, sie zu wünschen, nur ein Menschenherz.

Ist's tröstlicher für mich, zu glauben, daß alles Böse, was ich in mir fühle, meines Willens Werk sei? Ist's tröstlich, zu glauben, daß Jesus Christus der Mensch nicht Gott war, da er doch sagte, er sei es, und daß er mich nicht versöhnt habe? Zu glauben, daß er, in dessen Munde kein Falsch erfunden ward, gemeine Krankheiten heilte und Teufel auszutreiben vorgab? Und warum soll ich das nicht glauben? Weil ein Abt in Braunschweig oder ein Priester in Berlin es nicht begreift? Ach, und täglich seh' ich um mich her, fühle ich in mir Dinge, die ich eben so wenig begreifen kann. Meine Seele, die sich selbst nicht begreift, die voll Verwunderung in ihrem irdischen

Hause auf und ab wallet, und sich des ihrigen wundert, soll sich gleich orientiren im Wesen der Gottheit, deren Saum am Gewande die Cherubim blendet.

Sag' an Luise, ich würde ihren lieben Brief mit künftiger Post beantworten. Puletchen läßt Dir sagen, sie wäre heute gestört worden, hätte Dir sonst geschrieben. Ich schreibe heut noch an Haugwitz. O mache, daß er noch lang bleibt. Ich umarme Dich tausendmal. Linchen trägt mir oft auf, Dich zu grüßen.

F. L. Stolberg.

Am 20. Februar schreibt er an Holmer: „Nachrichten aus Berlin melden, daß der Hof und die Stadt in gleicher Weise aufgeregt ist in Betreff der weißen Frau, die bei hellem Tage erschienen ist, in Gegenwart der Königin und etwa zehn andrer Personen, Männer und Frauen. Ew. Exc. wissen, daß der König sie in seinen Memoiren erwähnt hat, und daß man behauptet, sie erscheine immer kurze Zeit vor dem Tode eines Mitglieds der königlichen Familie. — Bernstorff wird am 26. d. mit seiner ganzen Familie abreisen. Er wird etwa vierzehn Tage bei Frau von Löwenskiold sich aufhalten auf ihrem Gut in Seeland." Auch Gräfin Katharina reiste mit ihnen zu Frau von Löwenskiold.

Bernstorff kam mit seiner Familie auch nach Schleswig und nach Holstein. Gräfin Julia berichtet: „Anno 1781 kam mein Schwager Bernstorff mit meiner Schwester und allen Kindern nach Schleswig, wo sie einige Tage blieben und bei Dewitzens wohnten. Sie waren täglich, Mittags und Abends, auf dem Schlosse. Jeden Vormittag besuchte ich sie; und wenn ich nach Hause fuhr, wollten alle die lieben Knaben mit mir fahren, und blieben bei mir, bis ich zur Tafel mußte. Im Juni wurde Magnus Bernstorff in Dreilützow geboren. Hiernach litt meiner Schwester Gesundheit sehr."

Stolberg legte seiner Depesche vom 20. Februar ein ver=
trauliches Schreiben bei.

„Die Zeit nahet heran", sagt er darin, „da ich wünschte,
von dem Urlaub, den Ew. Excellenz mir zu versprechen die
Güte gehabt haben, profitiren zu können. Wenn Euer Exc.
es genehmigen, gedenke ich zwischen dem 20. und letzten
März meine Reise anzutreten. Ich wünschte die Zeit, welche
mein Freund Haugwitz noch bei meinem Bruder sein wird,
mit ihm zubringen zu können, und gegen Ende April meine
Aufwartung in Eutin zu machen 2c. Das Glück, Ew. Exc. zu
sehen, ist für mich eine schöne Aussicht."

Holmer antwortete schon am 28. Februar. „Der Herzog
willigt ein," schreibt er, „daß Sie in den letzten vierzehn Tagen
des Monats den Urlaub benutzen, den er Ihnen schon im vo=
rigen Herbst bewilligt hatte. Sie können auf einige Monate
ihren Posten verlassen, um sich in dies Land zu begeben."

Am 3. März schrieb Stolberg: „Ich würde nicht daran
gedacht haben, früher irgendwohin als nach Eutin zu reisen,
wenn nicht der Wunsch, meinen Freund Haugwitz, der nicht
mehr lange im Lande bleibt, zu sehen, und das Vorhaben,
meine Schwester nach Holstein zu bringen, mich dazu bewögen 2c.
Uebrigens ergebe ich mich freudig in Euer Excellenz Willen."

Am selben Tage meldet er seiner Schwester Katharina:
„Durch Bemühungen des alten Schimmelmann und Godsche
Moltke hat Clauswitz die Stelle in Segeberg mit 200 Thlr.
Zulage, in Allem mit 1400 Thlr., bekommen. Auch hat mit
vieler Adresse Schimmelmann veranstaltet, daß er in der königs=
lichen Bestallung Justizrath genannt wird. Ich hoffe, daß
Beides ihn aufrichte; meiner Meinung nach hat er Ursache, sich
sehr glücklich zu schätzen 2c. Adieu, bestes Käthchen; ich umarme
von ganzem Herzen Dich, Puletchen, meinen Schwager, alle
Kinder sammt und sonders. Grüße herzlich die ganze Gesell=
schaft."

Vorläufig blieb Stolberg noch in Kopenhagen. Am 10. April schrieb er an Holmer: Gestern habe ich eine Abschiedsaudienz beim Prinzen Friedrich gehabt ꝛc. Ich denke am Samstag abzureisen, wenn der Wind es mir erlaubt."

Anhaltend widrige Winde hinderten seine Abreise. Noch am 24. meldete er dies sowohl Holmer als seinem Bruder. Letzterm schreibt er: „Der Wind ist viel weniger südlich, und wenn er noch etwas mehr umgeht, so wird der Schiffer gehen. Gott gebe, daß wir auf den Wellen nicht viel Zeit und ich in Eutin nicht viel Zeit zubringen müsse. Lebe wohl, Du weißt, was kein Brief, was auch mündlich Dir die Lippe nicht ausdrücken kann."

Aber bald hernach finden wir ihn in Eutin. Nicht lange nach seiner Ankunft, ohne Zweifel nachdem er sich mit Holmer berathen, übergab er sein Entlassungsgesuch.

Stolberg an Holmer.

Eutin, den 6. Mai 1781.

Ich bedarf nicht, Euer Excellenz die Gründe vorzulegen welche mich bewegen, um die Entlassung von meinem Posten zu bitten, zu welchem Sie mich berufen haben, und in welchem ich mich sonst so glücklich fand.

Ich war im Begriff, mit schwerem Herzen ein Land zu verlassen, in welchem ich zu leben wünschte, aber dem ich nach meiner Denkungsart nicht dienen konnte. Da beriefen mich Euer Exc., mich den Sie nicht kannten. So zuvorkommend fing Ihre Güte für mich an, sie welche von der Zeit an mit zahllosen neuen Wohlthaten mich überhäuft hat, Wohlthaten welche mir als Beweise dieser Güte noch schätzbarer wurden, seitdem Ew. Exc. mich kannten.

Meine Situation ward so angenehm, als sie mir unerwartet war. Ich diente dem besten der Fürsten, sein edler

Minister war mein gütigster Freund; unter ihm arbeitete ich mit einem Minister, der auch ein edler Mann, mein Freund und Schwager war. Ich blieb im Zirkel meiner Freunde, und genoß alle Vorzüge eines Fremden 2c.

Der Zirkel, in welchem ich gelebt hatte, ward durch den Tod oder durch die Entfernung einiger meiner liebsten Freunde zerrissen; die wenigen, welche mir blieben, konnten mir nun auch desto eher entrissen werden, als auch für sie Kopenhagen viel verloren hatte. Gleichwohl lebte ich noch im Schooß einer geliebten Familie, bis plötzlich Bernstorff seine Demission erhielt.

Von diesem Augenblick an änderte sich meine ganze Situation. Der Hof erkaltete gegen mich; der Nachfolger meines Freundes liebte mich wahrscheinlich um desto weniger, als jener mich sehr geliebt hatte. Ohne meine Schuld zerfiel ich mit dem russischen Gesandten. So ist meine Lage. Als Minister kann ich nicht nützlich, als Mensch nicht glücklich in meinem Posten sein.

Ueberhaupt bin ich weder für den Hof geschaffen noch für die Stadt, noch auch für die Geschäfte, eine Bemerkung welche Euer Excellenz scharfem Blick nicht entgangen sein kann, wie gern auch Ihre edelmüthige Freundschaft für mich Sie des Gegentheils überführt hätte.

Ich bin über die Schwelle der Jugend in's männliche Alter eingetreten. Sollte es nicht Zeit für mich sein, meiner Bestimmung und meiner Neigung gemäß in der Gesellschaft des geliebtesten und zärtlichsten, itzt einzigen Bruders dem Lande, der Stille und einem Talente zu leben, welches wo nicht in einem ausgebreiteten Sinne gemeinnützig, doch immer nach Proportion der Wenigen, denen Gott es anvertraut, nützlich für die Nebenmenschen und daher für diese Wenigen Beruf ist!

Meinen Posten ferner zu behalten, bin ich nicht reich genug; ich würde mich in einigen Jahren so in Schulden vertiefen, daß es um die Ruhe meines Lebens gethan wäre; und der Mammon, den ich immer verachtet habe, würde mich strafen, wie er so manchen seiner Verächter gestraft hat, welche ihn, so lange sie frei waren, geringschätzten, und endlich an der Galeere der Armuth ihm fluchten.

Euer Excellenz sagen zu können, wie dankbar ich Ihnen bin, wie herzlich ich Sie verehre, wie zärtlich ich Sie liebe, das ist ein bringendes Bedürfniß, dem ich schon oft erlegen bin und dem ich immer erliegen werde, weil für solche Empfindungen die Sprachen zu dürftig sind.

F. L. Graf zu Stolberg.

Vierzehn Tage später ist er bei seinem Bruder in Trems= büttel. Am 21. Mai schreibt er von da an Holmer, daß zu= gleich der Großherzog von Toskana und der Prinz von Preußen um die dritte Tochter des Prinzen Friedrich Eugen von Würtem= berg für ihre ältesten Söhne angehalten. Das will sagen: zu gleicher Zeit bewarb man sich für den Erben Kaiser Joseph's II. und für den Erben König Friedrich's II. um die junge Prin= zessin, Schwester der Braut des Prinzen Coadjutor.

Stolberg blieb nicht lange in Tremsbüttel. Im Juni war er meist in Eutin, wo Holmer noch immer verweilte. Am 17. schrieb er seinem Bruder: „So lang Holmer hier ist, kann ich nicht von hier gehen, und er hat seine Reise wieder aufgeschoben. Da Ihr den 1. nach Laland verreiset, werde ich mich nur vier bis fünf Tage meines Lebens mit Euch freuen können."

Erst zu Ende des Monats kam er zu seinem Bruder. Am 28. Juni meldet er seiner Schwester, Gräfin Katharina, aus Tremsbüttel: „Ich habe einen kleinen Flug hierher gemacht, bestes Käthchen; übermorgen Abend werde ich wieder in Eutin sein, heute in acht Tagen aber Eutin verlassen. Ich komme eben von einem sehr schönen Spaziergang mit meinem Bruder zurück; es regnete, als wir ausgingen, ward wieder hell, und die ganze Natur ward verjüngt, wie sie nach einem Regen zu sein pflegt. Auch mir that die Erfrischung nach der ausgestandenen Hitze im Postwagen sehr wohl."

Seit Anfang August war er in Dreilützow, in Mecklenburg. „In Hamburg," schreibt er von da seiner Schwester am 14., „hab' ich vorgestern Abend von sieben bis halb zwölf auf der Alster zugebracht, mit Klopstock, der Winthem und der kleinen Meta."

Anfangs September finden wir ihn in Eutin. Von da giebt er seiner Schwester Nachricht, die sich noch bei Bernstorff's in Dreilützow befand. Die in seinem Brief erwähnte „Linchen" ist Karoline Gräfin Baudissin, geborne Gräfin Schimmelmann, Schwester von Julie Reventlow.

Friedrich Leopold an Katharina.

Liebes Kätchen, seit sechs Stunden bin ich mit meinem Bruder hier. Vor meiner Ankunft in Tremsbüttel hat er mit voriger Post an Puletchen geschrieben; ich eile, Dir unsern fernern Lebenslauf zu erzählen. Vorgestern Vormittag gingen wir zu Fuß nach Jersbeck, wo wir hinter einem Garten, wie wir die Gärten nicht lieben, uns in einem Bosquet an das Mutterherz Natur legten 2c. Den Tag darauf, gestern, kamen die Baudissins um ein Uhr, und aßen mit uns. Den Nachmittag fuhr ich mit Ihnen nach Segeberg, und mein Bruder ritt. Das Wetter und der Mond waren wunderschön; und Linchen, das den Morgen sehr schwach gewesen war, ward besser. Hensler schreibt mir, er sei sehr zufrieden, und wenn sie so fortführe, würde Alles gut gehen. Heute früh um acht sind wir hergeritten.

Und nun bist Du neugierig, viel von hier zu hören. Die kleine Witzleben war im Anfang sehr, und den ganzen Tag etwas embarrassirt, blöde, beinahe scheu, aber doch, wenn sie nicht Augen fürchtete, sehr freundlich und gut. Morgen wird Linchen sie zum ersten Mal sehen; sie geht mit dem Hofe nach Rixdorf, da zu essen. Wir essen übermorgen da.

Liebes Kätchen, ich steh' am Rubicon, und ob ich ihn passire, ist eine große Frage. Vielleicht wandle ich eine Weile an seinen Ufern, freue mich der Aussicht des Stromes und der Sicherheit des Gestades, und nahe mich ihm just genug, um zu — angeln.

Linchen hat mir erzählt, daß Hensler nicht unruhig über Gustchens Kopfweh ist, und mir dadurch viel Sorge vom Herzen genommen. Ich soll den Meinberger trinken; vor's erste kann ich nicht, da Mittwoch der Hof sich in einem Dorfe am Plöner See etablirt auf einige Tage.

Als wir letzt von Wotersen gingen, war Klopstock's Pferd nicht wohl, und hatte den Tag vorher etwas gehinkt. Ich glaube, daß es vom Beschlag oder geschwollenen Horn herkam; genug es war sehr unruhig, und ich gab ihm zur Begleitung einen Reitknecht mit der Windsbraut mit; die kam vorgestern ganz wohl nach Tremsbüttel, und ward die Nacht so krank, daß ich sie mit Mühe habe gestern und heute können herreiten lassen im Schritt; sie fraß nichts als etwas Heu; doch sagt der sehr geschickte hiesige Schmied, es habe nichts zu sagen.

Adieu, bestes Kätchen, sei an mein Herz gedrückt, und umarme herzlich Puletchen, Gustchen, meinen Schwager und die Kinder.

Eutin, den 2. September 1781.

Von der „kleinen Witzleben", wie Stolberg sie hier nennt, ist von nun an in seinen Briefen oft die Rede. Es ist Fräulein Agnes Henriette Eleonore von Witzleben, die, ehe ein Jahr verging, Agnes Stolberg hieß.

Geboren am 9. October 1761, hatte sie früh den Vater verloren, Adam Levin von Witzleben, dem das in der Grafschaft

Delmenhorst gelegene adelige Gut Elmeloh und die Besitzungen des benachbarten, längst aufgehobenen Cisterzienserklosters Hude gehörten. In der romantischen Waldeinsamkeit von Hude war sie aufgewachsen, in zahlreichem, glücklichem Familienkreise, geistig reichbegabt und in gleicher Weise durch die Innigkeit ihres liebevollen Herzens ausgezeichnet. Später an den Hof des Herzogs-Fürstbischofs nach Eutin gekommen, wo eine nahe Verwandte Oberhofmeisterin war, ward sie, noch sehr jung, Hoffräulein der Herzogin. Hier lernte Stolberg sie kennen, als er von Kopenhagen zurückkehrte.

Als der Prinz Coadjutor mit der Prinzessin, seiner Gemahlin, wieder in die Heimath kam, bildete sich zwischen ihr und Agnes von Witzleben sehr bald ein näheres, vertrauliches Verhältniß.

In einem Briefe Holmer's haben wir die erste Nachricht über den Eindruck, den die Prinzessin in ihrer neuen Heimath machte.

Holmer an Stolberg.

Ich bin im Rückstand; aber indem ich Ihnen für ihre Briefe vom 21. und 24. August und 9. September danke, betheuere ich Ihnen, daß ich dermaßen von Geschäften und Correspondenzen erdrückt bin, daß mir nicht ein Augenblick geblieben ist, wo die Freundschaft ihre Rechte hätte geltend machen können. Ein Sklave an der Kette ist oft glücklicher als ich; und wenn man noch sicher sein könnte, nicht für Undankbare sich aufzureiben! Indessen, man muß nicht den Schleier zerreißen wollen, mit dem uns weise die Zukunft verhüllt ist.

Die Anwesenheit der jungen Hoheiten, die am Dinstag bei Ihnen eintreffen werden, hat mir vollends die Augenblicke weggenommen, über die ich in diesen acht Tagen hätte verfügen können; aber es war mir nicht leid, da der Prinz und die

Prinzessin gegen mich und meine Frau in der ausgesuchtesten
Weise gütig und liebenswürdig gewesen sind. Die Prinzessin
ist wahrhaft ein herrliches Kind, die, wenn man sie kennen
lernt, ungemein einnimmt, in deren Angesicht das ganze
Gepräge der Sanftmuth ihres Charakters ausgedrückt ist. Ich
bin überzeugt, daß ihr durchlauchtigster Gemahl sein wird, was
man nennt bürgerlich glücklich sein im Innern seines Hauses,
ein Vortheil, den die Prinzen so selten kennen.

Ich muß Ihnen berichten, mein lieber Graf, daß ich mehrmals die Gelegenheit wahrgenommen habe, mit dem Prinzen
über Ihre Angelegenheit zu sprechen; und ich habe mit vieler
Freude bemerkt, daß er Sie hochschätzt und Ihnen Gerechtigkeit
widerfahren läßt. Ein Mehreres hierüber mündlich.

Ich bitte Sie, mir zu sagen, mein lieber Freund, wann
die so lange angekündigte Reise der Meßmacher's endlich wirklich stattfinden wird. Ich muß gestehen, daß ich nicht gern eher
zurückkehren möchte, weil es mein Innerstes empört, wenn ich
Zeuge einer niedrigen Schmeichelei sein muß, die man grund-
sätzlich treibt, und wozu man auch die Schwachheit Andrer mit
fortzieht.

Adieu, mein lieber Stolberg, seien Sie gesund, glücklich
und vor Allem vernünftig. Ich umarme Sie und bin von
ganzem Herzen der Ihrige.

Oldenburg, den 16. September 1781.

Der Prinz Coadjutor war unterdessen nach Eutin gekommen.
In einem Briefe vom 18. October schreibt Stolberg zum ersten
Mal von der Prinzessin.

Friedrich Leopold an Christian.

In weniger als viertehalb Stunden bin ich vorgestern
hergeritten; ich holte meinen Wagen ein, und mußte beinah
eine Stunde in Eutin auf ihn warten. Ich fand zu meiner

größten Verwunderung die schöne Olympia*), welche Rosenthal mit einem Bauer hergeschickt hat. Schon seit dem 11. ist sie hier. Sie ist zu Wasser über Kiel gekommen, und ist sehr mager, weil die Weide in Friedrichsburg schlecht gewesen sein soll. Ich habe sie gestern beschlagen lassen, und will sie heute reiten. Ich will sie Sonntag Mittag nach Segeberg schicken; willst Du wohl so gut sein und besorgen, daß sie Montag früh von dort abgeholt werde? Einem Fremden mag ich sie nicht anvertrauen, und meinen Reitknecht kann ich nicht so lang entbehren. Es freute und rührte mich, das schöne geliebte Thier wieder zu sehen; wie viele Erinnerungen erfüllten mich, von so vielen angenehmen Partien!

Von der Witzleben kann ich dir nichts Neues sagen. Sie freute sich sehr meiner Wiederkunft; allein habe ich sie noch nicht sprechen können. Gestern Nachmittag ging ich zu ihr; da ließ gleich die Prinzessin sie abrufen.

Den 28. kommt der Bruder der Prinzessin, welcher in dänischen Diensten ist, nach Hamburg, und wird den Geburts= tag der Herzogin hier sein. Die Herzogin hat wieder sehr bedauert, daß sie Deine Frau so lange nicht gesehen hätte! Wie wär' es, wenn Ihr zum Geburtstag kämet! Wenn Eure Gesundheiten es erlauben, so thut es, bitte, bitte!

Der Prinz hat Briefe aus Petersburg, daß Panin seinen Abschied hat. Das ist eine große Nachricht; vom König in Preußen an bis zu Guldberg werden Viele erschrecken ꝛc.

Eutin, den 18. October 1781.

Friedrich Leopold an Christian.

Deine Unruhe für mich rührt mich, und bekümmert mich unendlich. Aus Liebe, auch für mich, entschlage Dich, so oft Du

---

*) Ein Lieblingspferd Stolberg's, das er Klopstock schenken wollte, der jedoch ein anderes, die Jduna, wählte.

das kannst, dem einen Gedanken, dem Du zu sehr nachhängst. Wünsche mir nicht mit der Sehnsucht unbedingtes Glück. Wem das, was mir, ward, für den ist kein ganz niederschlagender Kummer.

Vorgestern war ich in Rixdorf. Den Abend sah ich Holmer, der eben angekommen war.

Gestern war ich einige Minuten bei der Witzleben, da ließ wieder die Prinzessin sie holen. Sie war sehr freundlich, und sagte mir mit Rührung: was ich wünsche, das hoffe ich auch; aber ich kann Ihnen nicht mehr sagen, noch nicht. Es ist aber doch viel gesagt, wenn ein Mädchen das sagt.

Holmer hat mir proponirt, morgen mit ihm nach Rixdorf zu fahren. Da werde ich denn wohl Manches mit ihm sprechen.

Du sagst mir nichts von Luisens Gesundheit. Ihr beiden beunruhigt mich sehr, Dein hartnäckiges Fieber mehr als ich sagen kann. Um Gottes willen nimm Dich in Acht!

Ich schicke Dir einen Brief vom jungen Münter, der Dich interessiren wird ꝛc.

Eutin, den 21. October 1781.

Friedrich Leopold an Luise.

Liebste Luise, Dein Brief war in aller Absicht sehr interessant, die Geschichte vom Fall war für Kätchen es beinah so sehr als die vom ersten Fall unserer Eltern, und auch in Tremsbüttel wie im Paradiese ward der Mann entrainirt. Kätchen hat freilich wohl in alle dem den Finger Gottes erkannt, ich erkenne ihren Wegweisefinger. Ich bin aber würklich für Ernst unruhig, er kann lange noch Schmerzen davon haben.

Was Du mir über mich selbst sagst, beste Luise, dafür bin ich Dir sehr dankbar. Darin ist nichts entschieden; daß es aber bald zum ja entschieden sein werde, scheint mir sehr wahrscheinlich.

Ich soll Oberschenk mit 800 Thlr. Gage bleiben, und das von Neujahr an. Mehr zu thun, soll nicht möglich sein; mehr auszuwürken muß Holmer gewiß unmöglich sein, sonst thät' er's. Ich kann nicht dingen; aber vortheilhaft ist das freilich nicht. Und dann:

> All earthborn cares are wrong;
> Man wants but little here below,
> Nor wants that little long.

Ich schließe, weil mir die Augen zufallen, ich bin heut vier Meilen geritten, und es ist ein Uhr; doch muß ich noch einige Zeilen an Puletchen schreiben für ihr liebes Zettelchen. Danke herzlich meinem Bruder und Gustchen für ihre lieben Briefe, die ich mit künftiger Post beantworte. Meinen Bruder bitte ich bei Allem was heilig, sich beim Fieber und bei der China in Acht zu nehmen. Ich umarme Dich tausendmal. Daß nur Kätchen nicht auch Fieber kriegt!

Eutin, den 24. October 81, Abends.

Friedrich Leopold an Christian.

Gottlob daß Dein Fieber doch endlich schwächer wird 2c. Gestern war ein bösiger Tag. Ich bin erst um halb fünf Uhr heut früh vom Schloß gekommen. Den Nachmittag debutirte unsre neue Truppe Comödianten. Erst spielten sie einen allegorischen heroischen Prolog zum Preise der Herzogin, ganz abscheulich; dann ein Stück, welches ich nicht kannte; es heißt der Adjutant und ist ein schönes Stück, und einige Rollen wurden sehr gut gespielt. Den Beschluß machte ein Ballet. Nach Tisch ward die ganze Nacht getanzt. Es waren ziemlich viele Fremde da. Gottlob daß solcher Tage nur drei im Jahr sind, und man nun elf Monate Ruhe hat.

Die Prinzeß hat Nachrichten von einem ihrer Brüder, daß er in Hamburg ist; der andere, welchen sie hier erwartete, wird nun wohl mit dem andern sie dort erwarten; und ich glaube, daß sie und der Prinz uns in einigen Tagen verlassen werden. Ich werde sie vermissen. Es ist ein liebes Weibchen, welches auf den Abend des guten Herzogs wahres Abendroth verbreitet. Sie ist mir so gut, daß sie mir ein Stockband von Ihrer Arbeit geschenkt und noch eins versprochen hat.

Die kleine Witzleben hat sie erstaunlich lieb, nähme sie izt gern mit; und will, daß ich mit ihr und dem Prinzen nach Montbeillard und der Schweiz reisen soll. Ich bedarf nicht Dir zu sagen, daß und warum hieraus gewiß nichts wird.

Lebe wohl. Schreibe mir, wie es Luisen und Kätchen geht 2c. Ich habe Dante geendigt und lese den Longin, der mir trefflich schmeckt. Ueberhaupt finde ich hier im Lesen unendliche Ressource und großen Genuß.

Eutin, den 1. November 1781.

Friedrich Leopold an Katharina.

Bestes Kätchen, ich habe mich in der kurzen Zeit nicht satt mit Dir schwatzen können, und will also noch einen Schreib= flicken ansetzen 2c. Ich ritt im schönsten Wetter von der Welt her. Als ich ankam, fand ich sieben Briefe, unter andern einen sehr guten von Ernst und einen sehr guten von Schönborn. Dieser klagt sehr über unser Aller Stillschweigen, und sagt mir, er habe vor zwei Monaten schon mir schreiben sollen, daß Angelika ein Bild für mich malen wolle, sobald sie in Italien ankomme. Izt, meint er, müsse sie dort sein. Folgende Zeilen aus meinem Gedicht an die Grazien geben ihr die Idee:

> Suchet ihr mir, und bald, unter den freundlichen
> Töchtern Deutschland's ein Mädchen aus,
> Blau die Augen, ihr Haar golden, und schlank ihr Wuchs,
> Sanft die Seele, den Augen gleich.

Ich freue mich sehr darauf. Wenn ich es doch schon hätte, nämlich das Mädchen auf Leinwand.

Laß dir von meinem Bruder erzählen, mit welchem Schlaf-mütze-Phlegma Clauswitz erfuhr, daß ich eine Braut habe 2c. Ich drücke Dich an mein Herz, bestes Kätchen. Umarme meinen Bruder, Luise und Lotte.

Eutin, den 11. Nov. 1781.

Wir lassen einige Briefe von Ernst Grafen Schimmelmann folgen, namentlich solche, worin er Stolberg auffordert, auch kaufmännisch und financiell für die Zukunft vorsorglich zu sein.

Schimmelmann an Stolberg.

Liebster Stolberg, ich erhielt Deinen Brief in Glückstadt, ich hätte gern geantwortet; aber wer kann doch immer antworten, wer hat doch immer Worte fertig, für das was einem so tief in der Seele liegt. Ich war eben niedergeschlagen, innig traurig, daß ich Euch Alle verlassen mußte. Welche drückende Empfindung das Scheiden ist! Es ist eine Art von Sterben, ein Vorgefühl des Todes. In so einem Augenblick kam Dein Brief. Stolberg, die Zurückerinnerung von den Hoffnungen unsrer Jugend kam mir schon vor wie ein langvergessener Traum. — Aber nun, Bester, ist Dein Schicksal entschieden; Liebe und himmlische Freundschaft können Dir noch zugehören; und die unsterblichen Hoffnungen, die Deine Seele erfüllen, müssen Dich vor dem Tumult der Leidenschaften retten.

Du bist nun en forme bei Deinem Hofe engagirt. Ich fühle wohl, es kann anjetzo nicht anders sein. Es ist mir aber unmöglich zu glauben, daß das immer so bleiben kann; beständig kann ich Dich nicht so denken. Mache doch auch Bedingungen für die Zukunft, die so bald kommen kann 2c.

Ich bin wieder allein in Kopenhagen, in der rothen damastenen Stube. Lebe wohl, Stolberg. Das Lebe wohl schreibe ich nicht so aus Gewohnheit.

Kopenhagen, den 6. November 1781.

Die Nachricht von seiner Verlobung, von der in vorstehendem Briefe an Katharina die Rede, hatte Stolberg auch Schimmelmann mitgetheilt. Eben so meldete er es Haugwitz, gegen Ende des Jahres auch Voß. Letzterm schrieb er: „Meine Braut ist Hofdame hier am Hofe, an welchem ich als Oberschenk bleibe."

Aus dem was Schimmelmann ihm antwortet, sehen wir, daß ihm ein nicht geahntes, weit über seine Erwartungen gehendes Glück durch seine Ehe zu Theil ward. Die ganze Fülle der edlen und liebenswürdigen Eigenschaften seiner Agnes war ihm, als er sich mit ihr verlobte, noch verborgen.

Schimmelmann an Stolberg.

Lieber Stolberg, wie könnte ich von Dir eine solche Nachricht, als die Du mir geschrieben, erhalten, ohne gerührt zu sein. Ach Stolberg, welche Unendlichkeit kann doch in einer Verbindung sein! Wie sehr wünschte ich, daß Du Alles, Alles darin finden möchtest. Ich verstehe Dich wohl, aber nicht ganz; wärst Du nicht Stolberg, so könnte ich Alles leichter begreifen. Ich fühle in diesem Augenblick, was Deine Freundschaft mir ist. O Lieber, könntest Du doch noch in der Welt so viel Glück genießen, als Dein Herz nur tragen kann. Kann es aber nicht Glückseligkeit sein, so wünsche ich Dir doch sanfte Ruhe. Können Dir Freuden des Frühlings nicht wieder aufblühen, so wünsche ich Dir doch heitere Herbsttage. Erinnerst Du Dich wohl unsrer Winterpromenaden? O, die sollten doch auch unvergeßlich sein; und ich kann fast nimmer ohne Thränen an sie denken.

Lieber Stolberg, da Du nun bald nicht mehr Bräutigam allein sondern auch Hausvater sein wirst, so solltest Du auch wirklich an die Zukunft denken. Warum willst Du Dich der Generosität Deines Prinz Peter's nach dem Tod vom Herzog überlassen? Verlange doch um's Himmelswillen eine Pension nach gewissen Jahren oder nach dem Tode des Herzogs. Du kennst doch die Affairen=Leute. Die schlagen immer ab, und zuletzt geben sie nach. Wenn Du und Deine Braut nur fordern! Es ist ganz unmöglich, daß es nicht gelingen sollte; und Ihr seid ja beide in großer faveur, und der Sohn vom Herzog gibt ja nicht die Pension.

Ich sagte einmal, daß Du Dich bei etwas interessiren solltest, um mit uns Andern hier Geld zu gewinnen. Nun habe ich Gelegenheit gefunden, 22 Aktien in der Ostsee=Compagnie für Dich zum ersten Einkaufspreis von 100 Thlr. zu verschaffen; sie sind nun schon etwas gestiegen, und ich hoffe, sie steigen noch mehr. Ich schicke Dir hier einen Beweis, bloß aus Spaß c. Den gedruckten Beweis aber mußt Du wegen der Formalität unterschreiben und mir wieder zusenden. Ich habe auch einen kleinen Antheil für Dich in einer Expedition nach Westindien genommen. Ich hoffe Du wirst dabei nichts risquiren, und ich werde Dir auch einen Beweis oder den Aktien-brief schicken.

Lebe wohl, bester Stolberg. Ich schicke diesen Brief nach Knoop, weil ich verstanden, daß Du da bist. Wenn Du schreibst, schreibe mir doch immer von Linchens Gesundheit; aber nicht so wie Du es wünschest, sondern wie es ist. Ich schreibe nichts von mir; einmal schreibe ich Dir auch wohl etwas von Anderm.

Kopenhagen, den 23. Nov. 1781.

Schon zwei Tage vor Absendung dieses Briefes, am 21. November, war für Stolberg seine neue Bestallung aus=gefertigt worden. Als Gesandter in Kopenhagen ward er auf sein

Nachsuchen abberufen; und trat nun „als würklich dienstleistender Oberschenk" in Funktion. „Derselbe", heißt es, „soll in Zukunft in solcher Qualität, bei etwaniger Abwesenheit und in Behinderungsfällen unsers p. t. Hofmarschalls, die Honneurs bei Hofe machen, als Chef der Hofhaltung betrachtet werden, und die damit verknüpften Funktionen zu verrichten haben."

Schimmelmann an Stolberg.

Lieber Stolberg, ich danke Dir für Deine zwei letzten Briefe, und freue mich mit Dir, daß nun unsre Caroline wieder viel besser ist 2c. Ich kann Dir nicht sagen, wie es mich rührt, wenn ich den Namen Bruder in Deinen Briefen lese, welche ich darum auch noch lieber habe. Ich fühle, daß mein Herz diesen Namen so gern und so leicht erwiedert 2c.

Ich vermuthe, daß Du nun anjetzo wieder in Eutin bist. Linchen schreibt, Du wärst nicht mehr bei ihr; aber wo, weiß ich nicht. Also schließe ich, du bist, wo die Witzleben ist. Lieber Stolberg, sage doch Deiner Braut etwas von mir. Es ist unmöglich, daß ich nicht den größten Antheil an ihr nehme. Unendlich wünschte ich, sie zu kennen, und zu sehen, da sie doch so viel für Dich ist, so viel sein wird, so viel sein muß.

Wegen der Aktien brauchst Du gar keine Bedenklichkeiten zu haben; es ist mir leid, daß ich Dir nicht gleich geschrieben habe, daß ich diese Anzahl Aktien, welche ich von der Obersteuerdirektion erhalten, weder behalten konnte, noch wollte; magst Du aber nicht bei der Ostsee=Compagnie interessirt sein, so ist es etwas Anderes, so schicke mir meinen Beweis zurück. Du wirst aber doch keine Bedenklichkeit haben, Dich bei einer Expedition nach unsern Inseln zu interessiren. Ich will es gerne besorgen, und Du brauchst es nicht einmal als eine Gefälligkeit anzusehen; denn den Antheil, welchen Du nicht nimmst, will ich sogleich an jemand anders geben lassen. Wenn Du aber hierauf nicht antwortest, so will ich den bestimmten Theil von tausend Thlr. auf Deine Rechnung schreiben lassen 2c. Ich habe nun einmal wegen Affairen mit Dir sprechen müssen. Aber an der Weitläufigkeit bist Du selbst Schuld. Lebe wohl, mein Bester, und schreibe bald, daß Du recht glücklich bist.

Kopenhagen, den 15. December 1781.

Friedrich Leopold an Luise.

Dafür daß ich Dir Deinen Mann wegnehme, ist's wohl billig, daß ich Dir schreibe 2c. Ich wünschte nun nichts mehr, als meinen Bruder nach Tremsbüttel begleiten, und die kleine Witzleben, die ihm, unter uns gesagt, sehr gefällt, mitbringen zu können. Aber das ist nun beides nicht möglich.

Heute habe ich dem Herzog und der Herzogin mein Vorhaben gemeldet. Und damit ist es denn hier hof= und stadtkundig geworden, und in weniger als einer Stunde kann es landkundig werden, daß der oberste Schenk heute an seine Sünde gedacht, und sich dem Joche, aus welchem nur Freund Hain ausspannt, unterworfen hat.

Mich verlangt herzlich, sie mit Dir und unsern Schwestern bekannt zu machen. Es ist ein süßes Mädchen; so sehr Natur, daß die meisten Männer sie würden bilden wollen. Ich aber ehre und liebe die Spuren meines Gottes im Walde, im Strom und im Mädchen; und werde da keine Schneiderscheeren ansetzen, um Hecken zu schnitteln, wo der freundliche Busch mir Schatten und Kühlung und Nachtigallentöne anbietet.

Ich umarme von ganzem Herzen Dich, Kätchen und Lotte. Wohl mir, beste Luise, daß ich Dein Herz zu sehr kenne, um nöthig zu haben, ihm ein Mädchen wie meine Agnes ist, zu empfehlen.

Eutin, den 23. December 81.

Friedrich Leopold an Katharina.

Für zween Briefe bin Dir Antwort schuldig, bestes Kätchen; beide sind mir sehr lieb gewesen. Ich kann mir vorstellen, wie mein Bruder bis auf's Hemd sei ausgefragt worden. Der Arme! Doch ist's gut, daß er mit Vergnügen hat antworten können. Sage ihm den herzlichsten Dank für seinen Brief an mich und für den an die Kleine. Hier ist ihre Antwort. Danke auch Luise und Gustchen für ihren Brief. Ich wollte auch, daß ich die Kleine mitbringen könnte; doch die Zeit wird ja wohl auch kommen. Den 6. des Abends hoffe ich bei Euch zu sein. Ich habe in diesen Tagen außer meinem Ariosto den dritten Theil der Lebensläufe gelesen, und finde ihn völlig so interessant, wiewohl nicht so allgemein amüsant als die vorigen 2c. Klopstock's Brief und meinen geschriebenen heil. Christ bringe ich mit. Den würklichen heil. Christ, den Gott mir gegeben, muß ich zu Hause lassen. Gerstenberg hat sie umgenamset, und nennt sie Geniusleben.

Eutin, den 30. Decbr. 1781.

Agnes an Christian.

Mein geliebter Bruder! Erlauben Sie es mir, daß ich gleich Gebrauch von dem Recht mache, das mir die Liebe meines Stolberg erworben hat. Sie Bruder nennen zu dürfen, macht eine meiner größten Glückseligkeiten aus. Darum wundern Sie sich nicht, daß ich dieses Glück sogleich genießen will, indem ich Ihnen den süßen Namen gebe.

Ein innig gerührtes Herz vermag nicht, seinen Dank zu stammeln, viel weniger seine Empfindungen in Worte zu fassen, wovon es doch so voll ist. Durchdrungen bis in das Innerste von Ihrer mir in Allem zuvorkommenden Güte, weiß ich auch nicht Sie von demjenigen genugsam zu überzeugen, was meine ganze Seele einnimmt. Nehmen Sie mein Herz voll der zärtlichsten Schwesterliebe hin! Wie unaussprechlich glücklich machen Sie mich, wenn Sie mir sagen, daß ich meinen Stolberg glücklich machen werde. Gott kann in dem Augenblick kein fröhlicher Geschöpf auf der Welt sehen, als ich dann bin, wenn dieser Gedanke mir die ganze, ganze Seele einnimmt. Denn daß Sie es sagen, muß mir mehr werth sein, als wenn die halbe Welt davon überzeugt wäre. Wie unendlich viel Süßes enthält Ihr freundschaftlicher Brief für mein liebendes Herz! Sie sagen mir, daß Sie mich schon lieben, und versprechen mir dasselbe von meiner theuern zukünftigen Schwester. Sagen Sie mir doch aufrichtig: muß ich nicht stolz werden? Gewiß, ich könnte mich vor dieser Neigung nicht retten, sagte mir nicht mein eigenes Herz zu laut, daß ich es nicht verdiene; freilich ein kräftig niederschlagendes Mittel! Welches doch aber am Ende wohl nicht sehr wirksam bleiben möchte, wenn Sie fortfahren, mir immer so zu schmeicheln.

Glauben Sie ja nicht, daß meine Sehnsucht, Sie in Tremsbüttel zu umarmen, geringer sei als die Ihrige. Vielleicht kann ich das Gegentheil behaupten, da ich nicht allein einen Bruder dort finden würde, sondern zugleich die Bekanntschaft einer geliebten Schwester machen könnte. Stellen Sie sich, mein bester Bruder, die traurigen Stunden, Tage und Wochen vor, die ich jetzt zu verleben habe: Stolberg will mich verlassen! Ich fühle, daß es ungerecht ist, mich darüber zu beklagen, da er zu Ihnen und zu seiner geliebten Schwester geht. Allein ich kann es meinem Herzen nicht wehren, das ihn um sich zu wissen schon zu sehr gewöhnt ist, als daß es sich des Trauerns über seine lange Abwesenheit enthalten könnte.

Eutin, den 30. December 1781.

Stolberg's Reise ging nicht blos, wie wir es eben gehört haben, nach Tremsbüttel, sondern weiter, nach Hamburg, wo

Vittor Klopstock, des Dichters Bruder, für ihn Geschäfte besorgte. Hier erfuhr er, daß die Rektorstelle am Gymnasium zu Eutin erledigt werde. Er schrieb sogleich an den Minister, und empfahl ihm einen von den Genossen des Göttinger Bundes.

Stolberg an Holmer.

Ew. Excellenz sind so sehr Freund Ihrer Freunde, daß Sie mir gewiß verzeihen, wenn ich mich für einen Freund interessire.

Ich höre, daß Eckermann als Professor nach Kiel berufen wird. Voß, dessen Talente Euer Excellenz bekannt sind, ist, besonders was die gelehrten Sprachen betrifft, einer der geschicktesten Schulmänner von Deutschland. Ich glaube gewiß nicht, daß Euer Exc. es bereuen würden, wenn Sie ihn beriefen. Um mit meiner Bitte nicht zu spät zu kommen, habe ich nicht erst an ihn schreiben wollen; ich zweifle nicht, daß er mit Freuden kommen, und Otterndorf im Lande Hadeln gegen unser Eutin vertauschen werde.

In acht Tagen hoffe ich Euer Exc. persönlich aufzuwarten. Ich wünsche von Herzen, Sie und die Frau Gräfin, welcher ich die Hände küsse, vollkommen wohl zu finden. Euer Exc. wissen, mit welchen zärtlichen und ehrerbietigen Gesinnungen ich Ihnen ergeben bin.

Hamburg, den 22. Januar 82.

Einige Tage später schrieb er, noch immer aus Hamburg, an Voß: „Eckermann soll Professor in Kiel werden. Da fiel mir, als ich's hörte, auf's Herz, daß mein Voß Rektor in Eutin werden müsse. Otterndorf ist nicht Ithaka, dachte ich, und schrieb an Graf Holmer deswegen. Ich habe auch an den alten Cramer geschrieben, den vielleicht Holmer um Rath fragen möchte. Liebster Voß, wie würde ich frohlocken, Sie nach Eutin hinziehen zu können. Klopstock wünscht es sehr lebhaft. Schreiben Sie mir, ob Sie Lust haben, ich bin in drei Tagen wieder in Eutin."

Voß erhielt die Stelle. Nur Stolberg hatte er sie zu verdanken. Später hat er dies und Anderes, wofür er ihm Dankbarkeit hätte beweisen sollen, vergessen, es ihm wenigstens übel gelohnt.

Am 26. reiste Stolberg von Hamburg wieder nach Tremsbüttel. Am 3. Februar schrieb er, aus Eutin, seiner Schwester Katharina: „An Agnes rührt mich immer mehr die Taubeneinfalt, der Kindessinn."

In Eutin blieb er die nächsten Monate fortwährend. In dieser Zeit kaufte er ein eigenes Haus, nicht stattlich, nicht sehr geräumig, aber groß genug, um darin hochbeglückt leben zu können, — in der Kieler Straße, nahe beim Thor gelegen, in den dazu gehörigen Garten und weit über denselben hinaus die anmuthigste Aussicht bietend.

Als Stolberg später Eutin verließ, um nach Neuenburg zu übersiedeln, kaufte der Herzog das Haus mit dem Garten. Es ward, und ist noch heute die Wohnung des Rektors der vielgenannten, oft gerühmten Eutiner Schule.

Am 27. Mai schreibt er der Schwester: „Sage doch unserm Bruder, ich hätte ihm immer mit dem Wagen, den ich seit Donnerstag erwarte, schreiben wollen. Ich weiß, daß er so viel als möglich treibt und Viktor eselt. Izt hält er uns würklich auf. Die Arbeiter können nichts thun; wegen des Spiegels wird ein Loch in die Wand müssen gemacht werden, die Stuben können vorher nicht gescheuert werden 2c. Ich lese izt den göttlichen Plato. Heute las ich in der Apologie des Sokrates, wie er seinen Richtern sagt, er könne nicht aufhören, von Haus zu Haus zu gehen, und jeden zu bitten, alle geringen Sorgen klein zu achten gegen die Sorge für seine Seele. Wahrlich Sokrates war ein Heiliger. Armuth, Schmach und Bande achtete er nicht. Ohne Jesum Christum zu kennen, war er ihm

ähnlicher als selbst die meisten besten Priester ꝛc. Sage
Gustchen, ich schriebe ihr bald, gewiß mit künftiger Post. Sei
fest an mein Herz gedrückt. Agnes umarmt Dich. Grüße Puletchen,
meinen Bruder, Gustchen, meinen Schwager, die Kinder."

Näher und näher kam der Tag der Hochzeit. Anschaffungen
wurden gemacht, Stolberg's Wohnung eingerichtet. Sorglos,
freudig sah die Braut dem Allem entgegen.

Agnes an Katharina.

Bestes Kätchen! Dank, Du Süße, für Deinen holdseligen
Brief! Vergib mir, daß ich Dir so kurz darauf antworte; es
ist mir unmöglich, lange zu schreiben; die Post geht gleich, und
die lieben Fürstlichkeiten gehen gleich an Tafel. Auch ist mein
Zimmer voll schwatzender Leute, wodurch ich kein vernünftiges
Wort schreiben kann. Mit dem ehesten will ich wieder schreiben;
ich wollte nur diese paar Zeilen hinwerfen, um Dir nicht
Sorgen zu machen, ob ich auch gesund sei. Ich bin ganz wohl.
Auch würde mich dieses holdselige Wetter und der bezaubernde
Gesang der Nachtigallen gesund machen, wenn ich auch krank
wäre. Ich muß aufhören, ich weiß nicht, was ich schreibe vor
Geschwätz und Eile. Süßes Kätchen! Puletchen gebe ich tausend
Küsse. Ich umarme Dich von ganzer liebender Seele.

Deine Agnes.

Eutin, den 9. Mai 82.

Agnes an Luise.

Meine beste Luise! Zürne nicht zu sehr, meine beste
Schwester, daß ich Dir so lange nicht geschrieben habe. Hätte
ich Dir so oft schreiben können, wie meine Seele Dich in Gedanken umschwebt, so würdest Du schon unzählige Briefe von
mir haben. Es ging mir unendlich nahe, daß ich Dir nicht zu=

gleich mit Fritz schreiben konnte; und mir däuchte, es vermehrte meine Schmerzen, wenn ich daran dachte, daß die liebende Seele meiner geliebten Luise auch nach einem Brief von mir suchen würde und dann keinen fände. Ich habe viel an Verkältung gelitten. Stolberg meint, ich habe seinen Rheumatism geerbt; könnte ich damit ihm seinen auf immer abnehmen, so wollte ich gerne die Schmerzen leiden ꝛc. Wie betrübt war es doch, daß Du hier nicht durchkamst. Noch habe ich niemand von unsren Lieben wiedergesehen, seit ich aus Borstel bin, nicht einmal Deinen Mann, von dem ich doch hoffte, daß er bald herkommen würde. Stolberg und ich hatten ein süßes Projekt ersonnen; er sollte auf ein paar Tage nach Borstel, und ich wollte ihn begleiten, ohne daß sie dort etwas davon wüßten. Aber die angenehmen Menschen, die so viel von Modestie, Decenz und äußerm Schein reden, und dafür so wenig wissen, was das eigentlich ist, machten uns auch hier einen Querstrich, daß ich meinen Stolberg mußte allein reisen lassen und dem süßen Vergnügen entsagen, Puletchen noch vor ihrer Abreise zu umarmen. Ich war herzlich betrübt darüber, und bin nun so unsittsam, zu wünschen, daß unsre Hochzeit bald vorbei sein möge, um mit Stolberg eine Tagreise zu machen, ohne den gewissenhaften Menschen ein Aergerniß zu geben ꝛc.

Eutin, den 31. Mai 82.

Das im nächsten Briefe genannte „braun Julchen" ist Julie Reventlow. „Blond Julchen" heißt in Stolberg's Familien- und Freundeskreise seine Schwester Julia, die uns durch ihre „Erinnerungen" bekannt ist.

Agnes an Katharina.

Bestes Kätchen! Du hast mir freilich lange nicht geschrieben. Auch weiß ich recht gut die Ursache. Du hast gewiß lieber an braun Julchen geschrieben. Doch das wollen wir nun ruhen laffen. Ich habe gehört, daß Du auch an der Mode-Seuche gelitten haft, nun aber doch wieder beffer bift. Ich freue mich von ganzem Herzen, daß Du fie fo gut überftanden haft.

Dinstag, als den 11. d., foll unfre Hochzeit fein. Jetzt wünfch' ich mehr wie jemals, daß es in Borftel oder Tremsbüttel hätte fein können; denn je näher ich dem Tage komme, je mehr find mir die Hof-Alfanzereien eklig und widerftehend. Ihr werdet den Tag gewiß Alle viel bei uns fein. Schade daß es nur in Gedanken fein kann! Es ift doch fehr traurig, fo nach Menfchen-fatzungen durch's Leben zu fteigen. Nun, hoffe ich, endlich können wir doch, fo oft wir wollen, bei einander fein, ohne uns noch Andre zu geniren. Gleich nach der Hochzeit hoffe ich Euch Alle zu fehen. Du wirft doch Dein Berfprechen halten und fleißig zu uns kommen. Du follft Dich hier trefflich amüfiren; wir haben fchon deliziöfe Stellen im Wald und Feld ausgefucht, wo wir Dich hinbringen wollen. Und um in Fritz feiner kleinen Chaife zufammen fahren zu können, laffe ich mir von ihm das Selbftfahren lehren. Guftchen kann Dir fagen, wie weit ich das erfte Mal gefahren bin. Stolberg wird dann immer zu Pferde bei dem Wagen bleiben; fo haben wir beide nichts zu fürchten. Wie betrübt ich bin, daß es mir unmöglich fein wird, Puletchen noch zu fehen. Ich kann heute nicht mehr an fie fchreiben; mit der nächften Poft aber foll fie einen Brief von mir bekommen. Stolberg wollte Dir auch noch ein paar Worte mit in meinen Brief fchreiben; aber er bleibt aus, und ich muß nun meine Briefe verfiegeln; ich grüße Dich in feiner Seele herzlich.

Wie freue ich mich darauf, Dich nun bald zu fehen. Könnte ich nur wiffen, wann es eigentlich fein wird! Leb' wohl, füßes beftes Kätchen! Umarme das liebe Puletchen; grüße alle die Kinder. Fritz und ich find itzt wohl; etwas Migraine hängt mir immer an. Deine Agnes.

Eutin, den 3. Juni 82.

Am 11. Juni, auf dem fürstbischöflichen Schloß, war die Trauung. Noch am selben Tage schrieb Stolberg seiner Schwägerin.

Friedrich Leopold an Luise.

An einem Tage, da ich so viel empfinde, habe ich der Worte nicht viel. Aber Dir, beste Luise, sage ich doch sehr gern, daß Dir meine ganze gerührte Seele danket für die treuen Wünsche und Gebete, die Dein großes, schönes Herz heute für mich und meine Agnes, für meine Agnes und für mich, in den Himmel zu dem schickt, der sie mit Wohlgefallen hört, und, ich hoffe es zu ihm, erfüllen wird.

Meine Agnes läßt Dich von ganzem Herzen grüßen. Sie hat heute Kopfweh, und diesen Augenblick schläft sie. Ihr Schlaf müsse sanft sein, wie das Leben, das sie mir bereiten will.

Wäre mir die Oldenburger Reise nicht im Wege, wie gern umarmte ich die Unsrigen in Laland und Fünen. Ich umarme Dich mit inniger Zärtlichkeit.

Eutin, den 11. Juni 82.

Mit dem, was Stolberg hier ausspricht, mit diesem Verlangen, daß seiner Schwägerin Wünsche und Gebete, die sie für seine Agnes zu dem sendet, der sie mit Wohlgefallen hört, möchten erfüllt werden, schließen wir unsre Mittheilungen. Der Segen, nach dem er verlangte, ward ihm in der glücklichsten Ehe reichlich zu Theil. Auch sonst fehlte es ihm nicht daran in den Beziehungen zu seiner Familie. Nur in der nächsten Zeit zog e i n e trübe Wolke heran; noch nicht zwei Monate waren vorüber, und ein harter Schlag fuhr nieder auf die Geschwister und andern Angehörigen. Am 4. August starb, fern von ihnen, zu Dreilützow, die welche Aller Liebling war, Henriette Gräfin Bernstorff, in den Briefen Puletchen genannt.

In der Nähe von Oldenburg, in Hude, der Geburtsstätte seiner Agnes, erhielt Stolberg die Todesnachricht. Die Oldenburger

Reise, von der oben in seinem Briefe die Rede ist, ward erst im Juli gemacht. Wegen des Hofamtes, das er nun bekleidete, mußte er den fürstlichen Herrschaften in Oldenburg zur Seite sein. Einige Tage nach seiner Trauung machte er mit Agnes eine Reise nach Tremsbüttel, Ahrensburg, Wandsbeck, Hamburg. Am 17. Juni kam er wieder nach Eutin. Am 5. Juli schrieb ihm Henriette: „Mein ganzes Herz sagt Dir den innigsten Dank für Deinen lieben Brief. Ach, ich kann's Dir nicht sagen, was Deine Briefe mir sind. Wie ertrüg' ich ohne sie die traurige Entfernung! Ach nun muß ich auch der süßen Hoffnung entsagen, Dich und Agnes vor der Old. Reise zu sehen. Ich sehe es wohl ein, daß es nicht anders sein kann; und nun hoffe ich Euch, wenn Ihr kommt, länger zu sehen. Arme Agnes, die so vom Fahren leidet, wie bedauere ich sie wegen der Old. Reise! Wäret Ihr doch schon in dem berühmten lieben Hude!" Am 10. schrieb Stolberg seinem Bruder: „Heute verreisen wir nach Lübeck, bleiben morgen dort, und hoffen Montag Nachmittag über die Elbe zu gehen und Mittwoch Abend in Oldenburg anzukommen. In Hamburg werde ich unsern lieben Ebert sehen." Aber in Hamburg ward er krank. Am 18. schrieb Agnes an Kätchen: „Du wirst Dich sehr verwundern, daß ich Dir noch aus Hamburg schreibe. Ach leider bin ich noch in dem verhaßten Hamburg. Mein armer Mann ist krank geworden an einem häßlichen Flußfieber mit Kopf= und Halsweh; das hat uns so lange hier aufgehalten." Am 23. reiste Stolberg von Hamburg ab, blieb unterwegs mit Agnes anderthalb Tage bei einer ihrer Schwestern in Elmeloh, kam am 26. nach Oldenburg.

Während er hier verweilte, starb seine Schwester. Zwölfmal war sie von ihren Wochen glücklich wieder genesen. Das dreizehnte Mal erlag sie. Plötzlich, unvorbereitet kam die schmerzliche Nachricht. Briefe gingen hin und her. Zuerst von ihrer Schwägerin Luise vernehmen wir die Todtenklage.

„Bestes Kätchen," so beginnt ein Brief von ihr vom 10. August, „ach wie schrecklich hat der Allmächtige seine Hand über uns ausgestreckt; so zu sagen, ohne Warnung, ohne Vorboten der Gefahr! Und jedes von uns von Allen getrennt, und sie von uns Allen! Ach wenn sie nur nicht Mangel an Hülfe in dem Augenblick der Geburt gehabt hat!" Aus Hude schrieb Friedrich Leopold am 11. seinem Bruder: „Gott der Allbarmherzige sei Dein Trost, sei auch Dein Trost, Luise! Im Himmel ist sie, an deren Herz unsre Herzen hingen, ewig hängen werden. Angst für Euch, für Kätchen, für Bernstorff, zagende Angst für Gustchen vermehren den Jammer meiner Seele."

Das fürstbischöfliche Hoflager blieb bis zum Herbst in Oldenburg. Auf der Rückkehr verweilte Stolberg bei seinem Bruder in Tremsbüttel, kam erst im October nach Eutin. Im April 1783 lesen wir in einem seiner Briefe, daß dort nicht mehr lange seines Bleibens war. Seit dem Anfang des Jahres hatte sich ihm die Aussicht aufgethan, als Amtmann, oder wie dort der Titel war, als Landvogt nach Neuenburg zu kommen, seine Stellung bei Hofe mit der Stille des Landlebens, die so viel Reiz für ihn hatte, zu vertauschen. Die Verhandlung darüber war dem Abschluß nahe. Daher durfte er schon darauf denken, in Eutin Urlaub zu nehmen. Vorläufig wollte er sich bei seinem Bruder ansiedeln. Im Juni reiste er mit Agnes ab. Sie sollte in Tremsbüttel ihre Wochen erwarten. Unterwegs verweilten sie in Borstel, bei Bernstorff's. Unterdessen ward seine Bestallung als Landvogt zu Neuenburg ausgefertigt.